主编　凌翔

当代著名作家美文自选集

喊一声大地 我热泪盈眶

史鹏钊　著

天津出版传媒集团
百花文艺出版社

图书在版编目（CIP）数据

喊一声大地我热泪盈眶 / 史鹏钊著 . -- 天津：百花文艺出版社，2022.1
ISBN 978-7-5306-8209-8

Ⅰ. ①喊… Ⅱ. ①史… Ⅲ. ①散文集－中国－当代
Ⅳ. ① I267

中国版本图书馆 CIP 数据核字（2021）第 251598 号

喊一声大地我热泪盈眶
HAN YISHENG DADI WO RELEI YINGKUANG
史鹏钊 著

出 版 人：薛印胜
特约策划：凌 翔
责任编辑：安子宁
出版发行：百花文艺出版社
地址：天津市和平区西康路 35 号 邮编：300051
电话传真：+86-22-23332651（发行部）
+86-22-23332656（总编室）
+86-22-23332478（邮购部）
网址：http://www.baihuawenyi.com
印刷：廊坊市海涛印刷有限公司
开本：710 毫米 ×1000 毫米 1/16
字数：200 千字
印张：13
版次：2022 年 1 月第 1 版
印次：2022 年 1 月第 1 次印刷
定价：55.00 元

如有印装质量问题，请与廊坊市海涛印刷有限公司联系调换
地址：河北省廊坊市安次区码头镇金官屯村
电话：（0316）2516002 邮编：065003

目 录

第一辑 大地风物

第三辑　大地情深

第四辑　大地心香

第一辑　大地风物

虫子在唱歌

在西安这座城里，我在32岁才有了属于自己的房子，虽不足百平方米，但是样样俱全，一个人坐在书房，心中有掩饰不住的高兴。夜深人静，就连三环边的车辆也少了起来，小区各角落的虫子汇集起来，开长会，奏响乐，抑扬顿挫，有很多说不完的话。虫子的声音从窗外传来，跳进书房里，响彻于耳边，我顿感这房子也灵动起来，不仅有一本本书在架子上列队，更重要的有这些会说话能唱歌的小精灵们也在陪着我了，当我一个人静下来时，他们就依附在我耳边说话。我听不懂，但是我心里变得高兴起来，至少这个世界里不是我一个人，不是我一个人孤零零地走着，不分白昼与黑夜。尤其是黑夜里，他们就愈加显得兴奋了起来。

虫子一直在陪伴着我，走了这么多年。想起小时候我胆小如鼠，一个人躺在场院夜里的麦草垛上看粮食。漆黑的夜里，树影在风中晃动着摇摆不定，场院上鬼魅幻影，叶子被风吹得沙沙作响，我就用麦草把自己埋起来，顾不上麦芒刺入皮肤的疼，把自己埋得严严实实，只听见虫子一阵阵地说话。有虫子看管着满场的麦子，还有铁叉、木锨等一个个农具作为守护者，粮食就不会被松鼠们糟蹋，也不会被不自觉的人顺手牵羊，扛走一袋。当我听见有人们说话的声音，才敢探出头来，像个缩头的乌龟。离开麦地十多年了，我一直没有气力做好庄稼，我亏待了那一亩三分田的川地，那是河滩里最好的一块，这些年就那样荒芜了起来。荒芜地让人看着心疼。有人说：腰长脖子细，干活没力气。我在田地里，穿过小麦地，当人家都快收割完的时候，我还握着镰，手里却磨起了水泡。那是多么让人难以说起的时光啊。

突然这么多年就过去了，窗外的虫子还在一直在啾啾地叫着。他们住在院子的草丛里，唱累了，口渴了，就吮吸着后半夜落下的露珠。我的内心激动起来，是这座城市安放了我，虫子安放了自己。时间给我的恩泽，露珠成了大地对虫子的回报。虫子应该是个勤快的动物，他们白天也唱歌吧，人流不息，车流不止，只是被这世间的喧嚣掩盖了，虫子的脚步被人为地放慢了。虫子的嗓音是最好的，简直就是天生的丽音，它们就是为了不停息地给人类带来精神意义，才一直唱下去，直到死去，甚至连尸体也被其他生物蚕食，最后给这个世界没有留下一丝念想，这是多么可悲的事情。明年这个时候的我，可能还是以这种方式生活着，脸庞会变得苍老，但是虫子呢，已经被新成长起来的后代们所代替。虫子虽长在城市，他们和我一样，角角落落地生存，我多么地期望它们就一直在我身边，能够收留我，接纳我，让我再一步步地靠近，倾听它们的声音，始终能做上他们最忠实的听众呢。

瓦瓮

“瓮里有面，心里不乱。”母亲常说这句话。瓦瓮者，陶制品，口小，腹大，是故乡家家户户用来盛磨好的面粉之佳具。

家里有高低不等、粗细不一的瓦瓮六个，在厨窑左壁的长条凳上按照大小一字排开。瓦瓮根据大小和当年的年景不同，里面装着黑白面粉。瓦瓮里面粉的颜色，是衡量当年家里生活水平高低与年度粮食质地和产量的唯一标准。那时候白面馍很是稀罕，听姐姐说，我出生时家里瓦瓮里的白面少之又少，仅够逢年过节打个牙祭。我早产，母亲上工，就靠蒸馍发的糊糊灌肠子。后来母亲四处开荒地，遍撒麦子，每年在收割时为了一粒粮食也要花很大气力捡回来。我一两岁时，家里唯一的白面馍都藏在瓦瓮里，上面盖上厚厚的盖子，置于高处。当我饿了后，姐姐就爬上去，取了下来用开水泡了，一口口地喂给我。我现在之所以不吃泡馍之类的吃食，有很大原因就是那时已经吃伤了肠胃，才使见了泡馍便不觉间满口发酸，难受不已。

那时候，第一次挨打，也是因为瓦瓮。有次面粉已吃完，母亲把瓦瓮里的面扫净了放在院子里晒，以备磨好了新面粉装进去，就不至于返潮而板结生虫。瓦瓮在院里晒了半天都平安无事，我还久坐在旁边看书习字，就怕被牲畜们开了缰绳，去破坏了。小孩忘不了贪玩，我被小伙伴们喊着去偷桃子，刚锁上门一会儿工夫，回来时顿时傻眼。那头小犍牛脱了笼头，正伸着长舌舔瓦瓮里面粉的味道。牛见我来，突然回头逃走，瓦瓮也被牛的羝角挑起来后落到地上，摔为几瓣。看着破损的瓦瓮，我心中紧张和担心起来，拿起来左端右相着，还是无力再恢复原状。后来母亲回来，一阵扫把的教育，使我长了不少记性。那时的瓦瓮，也算得上是家里的大件厨具了，就被我的贪玩而损坏，让母亲好几天心疼不已。

风调雨顺的年头，每当到了正月里，总有人满村跑着要社火。社火门类繁多，品种多样，其中就有手巧的人以瓦瓮为模型，做了瓦瓮灯，寓意当年的五谷丰登。手艺好者将瓦瓮灯上下倒置，瓮壁凿孔成眼、鼻、口、耳，形似人面。表演者头顶油灯碗，再将瓦瓮扣于头上，灯光便从所凿五官放射出来，看上去如硕头巨人，舞动起来引人注目，灯火四耀。男女老少跟着社火的队伍走村串户，每到一处，鞭炮声声，礼花升空，人声鼎沸，人面在瓦瓮灯的映照下，更是多了几份生机。

老屋的大门挂锁之后，瓦瓮还是静静地待在故乡庭院那孔被熏得黑漆漆的厨窑里，世界的繁华与它们无关，它们静静地，静静地一排排地待在那些角落里，落满了尘土，黝黑光滑的面体上不再显得光亮。光从窗户台上照射进来，照在瓦瓮上，面体与面体之间，还有蜘蛛网在四通八达地连接着。瓦瓮不知道它三十年如一日地为我们保存着吃食，而今空荡荡地，显得有些落寞。我搬新家后，跟爱人说，书房的柜格里，把母亲伺候了的那些瓦瓮搬来放上，应该很是好看。爱人笑，她没有见过瓦瓮是什么，她也不知道我是想把对故乡的那点念想带进城里来，就能心安一些了。

无处安放的故乡

离开史家河这些年，只有父母还一年半载地回去，老屋已经有些破败，他们回去也不干些什么，就是在院子里，田地里走上几回。而我们这些在外的孩子，慢慢地将成为一个没有故乡归宿的流浪人。

有次兄弟说早上起来不见了母亲的踪影，他以为是出外买菜，可是等了大半天也没见回来，电话也没人接听，让人心急如焚。后来实在是找而不见，才想起母亲是不是回到故乡去了，回到她生活了多半辈子的老屋去了，便驱车前往。刚踏进老屋的大门，只见母亲正在长满柴草的院子里，一锨锨地在除草，柴草被连根铲掉，规整在一起。除过柴草的地皮，冒着热气，柴草下面，不知名的虫子急忙四散。

母亲回老屋，是因为她经常做梦，梦见大门上的锁子被人撬掉，梦见路边的大杨树被人拦腰锯掉，梦见自己收拾的柴火摞的很是整齐，却被人拉的乱七八糟。母亲的夜晚总是在她每个睡不踏实的梦里，她梦里的一切就是故乡，她视野里的沟沟坎坎，一草一木，唯有的是不再牵挂孩子，因为她和他们每天都生活在一起，他们的一颦一笑她都看的清清楚楚。只有故乡，成了她的念想。有时候我们说就让她在城里好好生活，辛苦了一辈子总该歇歇，可她总闲不住，她劳作了一辈子的身体，总是喜欢在土地里，和麦子玉米豆子为伴，在土坷垃里种下土豆，种下西瓜，然后一天天地早出晚归，伺候着那些水灵灵的东西。看着豆角一天天的长蔓，看着西瓜大圆球般趴在地里一天天地长大。母亲还在故乡生活时，每到子女们回家，第二天一大清早，整个村庄还在烟雾弥漫的时候，她就偷偷地起床，提着菜篮子，在洒满露水的豆角架下摘长长的豆角，在蜿蜒的瓜蔓下摘最甜的西瓜，她知道从根到蔓第几个叶子以后的瓜甜。等我们起床，太阳已经升的很高，她就扛着一大篓菜回来，满脚的泥巴，半截裤腿都被露水淋个湿透。午饭时，一碗绿豆稀饭，几大碗豆角麦饭，几个大杠子白馍热气腾腾，加之油汪汪的熟油辣子，不多吃几口总觉得不够过瘾。

母亲进了城后，我们从来再也没吃过那样美味的吃食。她每天也去菜市场，买菜回来，总会唠叨着说那些菜不新鲜了那些菜价格又高了，那些是大棚里催熟的看着长的欢实其实吃不出味道来。每当母亲说这些话时，她总是会提起史家河那几亩薄地来。就是那几亩薄地，养活大了我们，让我们从生下来扫帚把大到今天成人。和一位朋友说起老家这事，原来他的母亲也是住在了城里，却还是对故乡的那三间大瓦房念念不忘，总想回去转转，看看院子里的草长高了没，又有多少鸟儿在屋檐下做下了安乐窝。人走了，没有了烟气，却成了鸟儿的天堂。就在屋檐下那不大的地方，一窝窝地鸟儿出生、长大、飞走。朋友说本来前几年农村土地流转时，想把那几间房子交给村里，闲着也是闲着，可是做母亲的不满意了，说没有了老屋，哪里还是故乡啊，哪里还有家，有老屋在，就有家。即使老了能回到故乡，呼吸上几口清新的空气，或在夕阳西下的村口走上几步，或能听上已经叫不出名字的村邻说些鸡毛蒜皮的小事，心底也就踏实些，晚上睡下来也就安稳了。

喊一声大地我热泪盈眶

在城市的夜晚，我常常在深夜喊起故乡，喊起史家河，想起这个村庄的大地和乡亲，我的心里就脆弱起来，突然变得很无助，热泪充满眼眶，这种难舍的情感倾泻而下。我是史家河村田野上的一株白草，我把根须扎在了那里，是史家河养育了我，成就了我，给了我发芽长叶的土壤，给了我沐浴阳光雨露的恩润。

每回去一次，我的心里就难过一阵子。史家河在山沟里，离城较远，在没有修通高安公路之前，只有一条两脚宽的小路，忽高忽低，坑坑洼洼地顺着红岩河一直蜿蜒到泾河边。长成的小伙子娶不到媳妇，出落大方的姑娘都嫁到了塬上。女孩找对象的首要条件是人长的要顺眼，家里粮食要多，还得有三间大房。据说有个在外打工的小伙，带了个媳妇回来，小伙子骑着自行车，女孩在后面坐着，自行车除了铃铛不响，其他部件都咯吱个不停。姑娘坐在后座上，自行车在顺山而下的沟边跑的欢实，刚下坡的那十几里山坡陡路已将姑娘的脸色吓得铁青，高跟鞋早已扭的掉了跟，后来回去就不再谈了。打工的人过了正月就一群群地出发，坐着长途汽车走西安、下广州、去东莞。唯一在过年时节，是他们能见上父母，能回到真正属于是自己家的时候。小伙子们穿的西装革履，连袖口的标签都没有剪掉，头发被发胶抹的光亮。有人说，你看彬成这娃有出息，头光的虱子上去能把胯子掰。众人大笑，小伙子确实是只为图了洋气忘了凉气，这天寒地冻的季节身上的衣服没有一把棉花哩，难怪脸上无一丝红润，在人群里久待后只听见牙齿咯咯响。后来，打工的人也渐渐不再候鸟般，在春节前带着大包小包向家里跑，村庄也就慢慢地安静了下来。人是村庄的血液，没有了人带来的活力，村庄便安静的让人心里有些发憷，老弱病残的人都不再出门，窝在自家的热炕上取暖，上炕吃了下炕睡。

冬天也往往是老人跨不过的门槛。东家八十多岁的老人睡着了，再也没有醒来。老人一般都起的早，拿起笤帚从上院扫到下院，一下下地扫净了院子里的细土，他们一辈子就生活在土坑里，永远和土打交道。住的是土窑土炕土台，走的是土路，皮肤流血了也是捏了面面土放在伤口上止血。没有土，他们就活的不舒坦，村庄就是他们一生的土天堂。就是那天，日上三竿，孩子们等不到老人起来，总觉得心里不平稳，便开门进屋，只见老人安静地躺在炕上，已经永远地睡着了。老人自己穿戴好了寿衣，孩子们急之呼喊，但已无一点声息。人常说，73、84，阎王不叫自己去。八十多岁的人，四世同堂，去世已经是喜丧，要给重孙的胸前带上红布布哩。老人的棺材墓地已提前做好，墓地青砖拱门，砖铺地面，很是几净。彩绘夺目，寿联一对，是对老人一生的写照。棺材是松木大棺，是由名声享誉南北二塬的有名的巧匠，经过四十多天才打磨而成。村子里来了电影放映队，在两棵大杨树之间挂上银幕，一个个片子连续地放映。村里的大人小孩都蹲在路边，看的津津有味。半夜时分，有村妇找自己男人不见，便扯起嗓子大喊：录子，你回还是不回，你不回我就回去关门了。男人听见女人喊，从人群跑出去时还不眨眼地看着电影，一个劲儿地喊着回，回，回。众人坏笑，说你屋里人喊你回去暖炕哩。老人下葬那天，村里家家户户的男人都起了个大早，手拿铁锨镢头，这季节天寒地冻，老人墓坑外的土都冻在了一起，男人们一点点地将冻土挖开。这样老人下葬时，填坟茔时就不会花太多时间了。老人的儿孙吊着孝帽，长子怀抱遗像，一步一磕头，在灵幡的带领下向墓地走来，唢呐声声，哀乐阵阵，哭声连片。在封闭墓门之前，儿孙再给棺木旁摆上一些粮食和其他吃食碗。坟堆渐渐隆起，儿女们在悲痛之时，不忘给老人再培上一锨土。孝子们的哭棍都插在坟头，烧纸钱，洒美酒。看的人唏嘘不已，都说起这家老人走的安静，生前儿女们孝顺，老去了还在尽心，有句话说“子欲养而亲不待”就是这个意思。人就是这样一辈辈地，走着自己的路，但谁家儿女们孝顺了，总会一直传为佳话。

在这片土地上，有人进入黄土，有人出外不回。村里的人逐渐少了起来。就剩那么为数不多的人们，每天早上起来，去沟里挑水，做饭，吃着自己粮食囤里的粮食，又在吃饱后下地耕作，为下一年的粮食收成充满希冀。就这样，故乡把人变老了，田地把人变老了，老的哪里都去不了，又在风水好的地方给自己挖上一个墓洞，用家门口上好的大树做副棺材，年轻的送着年老的人，就这样一辈辈地你牵挂我，我惦记你地迎送着人生。每当我走在故乡的田间和小道上，我突然觉得自己矮小起来，站在一株玉米的身边，看着玉米棒子在不断长大，玉米缨子像红缨枪上面的彩丝，一撮撮地开放着。裸露在地面的玉米根就像个大耙子，深深地抓在田地里，青筋凸起，吮吸着大地的乳汁，为玉米棒子一天天地长大输送着养分。我不忍心去触碰它们，我担心惊扰了它们的生活，可能它们正在安静地沐浴着晨露，可能它们正在沉思故乡，我突然不礼貌地打扰，会让这些玉米惊觉起来。它们可能不认识我，因为它们发芽长个子的时候，我还没有回来，我还没有来到它们的身边。但是我认识它们的前辈，无论是覆膜、点种，还是薅苗，灌肥，我都曾是种玉米的一把好手。我那时一天时间都耗在地里，只有在地里，我的心才能踏实起来，我才能知道我有多少收成。在玉米棒子长成的时候，我就在地边上搭个窝棚，睡在地边，我得看着这些玉米，有许多人和牲畜对它们虎视眈眈。村里最穷的那个烂鞋家，每年在别人种庄稼的时候，他总是在家里高枕无忧地睡大觉，当在秋季收获的时候，他的手脚比谁都麻利。当我们还舍不得吃玉米棒子时，他家门口已经倒满了玉米芯。有人说照看好庄稼，就和照管好自己的女人和孩子一样，因为我们的生活里，除了这些还是这些。只有这些东西，是我们无法改变的；只有这些东西，也是我们能够自己改变的。我们要在田地里种麦子，回茬还是原茬，在我们自己手中；我们要种玉米，是陕甜还是天丞，都在我们自己手里，由我们自己决定哪个品种更适合脚下的土地，那个品种种下来更能高产。

做农民也有更多的学问。家里人想吃红薯，红薯是个好东西，秋天开始吃，能吃到过年后两三个月。我就在春天里买红薯苗回来，在地里挖坑、栽培、浇水，看着它一天天地长大，扯蔓，把那片田地捂得严严实实，密不透风。红薯在地下横七竖八地埋着，长了整个夏季。霜降后就开始挖红薯。地皮太硬，我用镢头挖开，我就再舍不得挖下去了，便用手刨，只能用手刨，才不会伤到红薯。它们在地里长了一季，就被利刃挖伤，也是一件心痛的事情。如果碰破了它们，就有白色的汁液流出来，红薯的皮肤上也有了伤疤。我用手把红薯刨出来，在篓里垫上了蛇皮袋子，轻轻地把红薯放进去，拉回去放在窑的最里面。这样我就一直能吃上红薯了，无论是蒸了吃，还是做红薯稀饭，都是冬天里最好的吃食。有人要做红薯粉条，便拿了一些去，做出的红薯粉条光滑温润，口感筋道。田地没有亏我，雨水也没有亏我。我就在那三分自留地里栽了一季红薯，收成就那么好了。如果我再多种些，是不是都可以上街赶集卖红薯去了，心里还有阵阵成就感。在地里，干活累了，我就坐在锄头上，或直接坐在硷畔，或跪在犁沟里，看着眼前这片土地，村庄安详，田地肥硕，庄稼丰盈，眼眶不觉已是湿润，心里难受起来。

门槛

进了城后，就很少能见到门槛了。我从河南回到西安后，先后租房住了四年，才搬进属于自己的家。在城南的瓦胡同村，家家户户都是租房户，那时据说仅流动人员就有五万人左右，每天那几个南北方向的通道拥挤得水泄不通，巷子里小店商品齐全，应有尽有。我租住的那户人家是红大铁门，门槛也变成了铁框的，每次进出都得高抬腿。有时加班回来晚了，大门闩子紧关，就不能再进去，几次漫游在巷间，夜无归宿之地，不得不在一黑网吧的角落熬过一夜。

在老家时，家家户户都是木门，门槛有高有低，都是一条木板作为挡板。门槛的用处，在吃饭的时候，我就端了碗面，坐在门槛上，吸溜吸溜地吃完；外面有野老鼠要进屋里来，每当在夜晚，它就贼眉鼠眼地伺机窜进家里，在那几个大粮囤里饱餐嬉戏。家人都回来后，总是不忘叮咛把门槛板挡了，就害怕那老鼠精进来害人哩。小时候，父母天还没亮就都去开荒种田，等我们睡到太阳的脸蛋发红时，家里的稍门已经被锁上，我们出不去，便想办法把门槛上的挡板去掉，爬出去。门槛的挡板取下后，好不容易才爬了出去，又不敢走远，便在稍门外的土堆上玩泥巴。父母归来，一看门槛的挡板被取掉，我们的衣服也弄的粘满泥土，便拿个扫把一边扫我们身上的土，一边抽打着算作惩罚。

稍门的门槛及其重要，那时家里养了兔子，有次半夜三更有一动物从稍门的门槛地下钻进来，咬死兔子好多只。父亲去兰州贩柿子了，母亲看不清是啥，一个妇女家手拿灰耙，大喊一声给自己壮着胆冲出稍门外去喊人。邻里三个男人带了一条猎狗来，天快亮时才把那家伙堵在牛圈里打死。原来稍门的门槛挡板被大犍牛踢坏，就给这些野生的动物扑食带来了机会。邻里打死后，把那动物剥了皮，肉喂了那只出了力的狗，毛皮后来有人上门收，卖了 30 块钱。一直到后来，也没认清是个啥动物，有人说是黄鼠狼，有人说是未成年的豹，我作为孩童，那晚除了躲在炕上感到惊恐之外，就是天亮后在院子里找被那家伙吃剩的兔子。自那次起，我就越来越担心门槛了，总是在晚上关门时用脚踢踢，以防再有不结实的地方。

我小时候个子矮，两三岁时过家里的门槛，总是两腿交换着向上爬。后来长大一些，扶着门框来回挪。家里来了八十多岁的裹脚姑奶，老人拄着拐杖，碎花小步颤颤巍巍地迈，过门槛成了大事。需要两个人搀扶着过去，老太太不想给年轻人添麻烦，一次试着自己过，差点被门槛绊倒，吓得家人出了几身汗。父亲便把主窑和稍门的门槛下垫高了一些，老人吃饭时我们也是端着盘子去主窑的炕上，老人盘腿坐在中间，一家人围在身边，其乐融融。姑奶中年时丈夫去世，七十岁时二表叔也意外死去，整日在家以泪洗面，精神不振，哀叹人生的坎儿都让自己遇上。亲戚中有人出了主意，为了给老人宽心，便轮流接老人来我们几家小住，顺便让老人换个环境，散散心头悲伤之事，以免久久郁结在心头，不能散去。

在我的生活中，也有遇见一些鸡肚小肠之人，碰见一些死缠硬磨之事，费了九牛二虎之力去处理却收效甚微，顿觉在这个城市生活不易，无形的门槛常在诸多生活场景中显现。故乡老屋的门槛能堵住雨天涌进来的大水，还能堵住一些想挤进来糟蹋粮食和家畜的野物。妈说，娃呀，在外有啥不顺心的，就回来给妈说。我如果过段时间不给母亲打电话，她就催促我回家呢。母亲说回来妈给你擀裤带面，今年的新麦劲道的很。我想想都流口水，便想起那时蹲在门槛上舀汤面捞干面能吃上三大碗，心里顿时一阵轻松，一片豁亮了。

牛的今生

母亲嚷嚷父亲的时候，总是说牛圈里的干土太少了。牛的屎尿多，圈里垫的干土总是湿的快。母亲嫌吃饱了夜草的牛，卧在圈里身下不干稍。我就想，在史家河这离不开牲畜的村庄，这离开了牲畜人就无能为力的村庄，做一头牛也是很好的。一年四季，只有春秋耕种是一年内最大的活儿，剩下的活儿对牛来说，那都是些顺便干的事情。像拉车去磨面，只有两三月一次。耕地的时候，牛总是跑的很快，一晌下来，亩半地就把扶犁的人跑的满头大汗，气喘吁吁。牛跑的快，是父亲养的好。他黑明昼夜地跟着牛，伺候着，就怕它们少吃了一槽草，就怕它们在河里少喝一口水。如果哪天牛少吃了一些，他就念念不忘，一直观察着牛的表情和动静。勤快的牛总是不挨皮鞭，也不用人在后面吆喝，自己知道怎样把活干好。如果牛稍微有些怠慢时，主人吆喝一声，牛的脾气就上来了，一头扎下去只顾着犁地拉耱。地犁好了还要耱平整，这样才能保墒蓄肥呢。牛的笼嘴也不戴了，无论是地边的梭草有多茂盛和可口，它这会儿都顾不上了。

在史家河这人畜共住的村庄，牛就是村子里的顶梁柱。人养牛就像养自己的娃儿一样，见不得风吹雨淋。有次村东头的栓狗在地里刚给牛套上绳索，在地里还没犁上几圈的时候，暴雨如注而来，想找个避雨的地方都难。栓狗为了让牛不淋雨，就一下子脱了汗衫，搭在了牛的脊背上，拉着向回跑，自己却淋成了落汤鸡。有人说栓狗你图个啥么，把人淋病了还要牛干啥。栓狗不屑，说我就是病了躺在了炕上我老婆和娃娃照样拉着牛耕种哩。

牛窑和人的住处也是一样的好，甚至有人和牛就住在一起，人在外头，牛在里头，人守着牛，牛陪着人。晚上人睡下去打呼噜的声音都让牛全部听见，牛拉个屎尿人也知道的清清楚楚。在史家河，人往往把牛看的比人都重要。白天，人花半晌时间出去，漫山遍野地给牛找它最爱吃的嫩草，回去用铡刀一截截地铡碎，一篓篓地给牛倒在槽里，撒上麸皮，看着牛一点点地吃完。父亲常常出去的时候，一根扁担两头挽起两根麻绳，扁担在肩上扛着，手里还不停地卷着旱烟。父亲出去往往一晌多，有时早上出去，在吃晌午饭的时候还不见影子。最后回来是两捆青草在扁担两头一晃一晃，沉得他老人家直龇牙。原来父亲在五公里之外的老树林里找到了最好的青草，那里经常无人可去，草长的多半人高。等村里其他人沿着父亲的路线发现那片芳草地的时候，父亲的镰已经割的差不多了，最早割过的地方已在雨水之后长出新草来，更是肥嫩无比。

牛的胃里，装满故乡。它吃遍了沟沟洼洼的草，喝了一辈子红岩河的水，长成了自己膘肥体壮的身体，牛为人出着力，人也为牛出着力。后来，人就把老牛当作是自己出嫁的女儿，找个好婆家出嫁了去，只留下不到半岁大的犍牛了。当牛要被接走时，主人便给牛换了一副新笼头，一根新缰绳，眼泪滴滴答答地心存不舍。牛是最通人性的，牛也变成了人，只是不会说话而已，眼睛一直看着主人，不想迈开步子。牛虽然做了一辈子牲口，但是已经和人一样，把多年来埋藏在心里的所有情感表达出来，就在牛那一步三回头的目光里。老牛离家了，小犍牛哞哞地叫了三天，叫的声音嘶哑，叫的滴水不沾，叫的人举手无措，给撒再好的草料也不吃，就那样哞哞地叫着，这可能是牲口们表达想念和不舍的唯一方式吧。

最后的一只狗

往往是在村庄最寂静的夜，狗划破了夜晚村庄最甜的梦。干了一天活的人们，都躺在热炕上熟睡了，大地也进入了混沌。只有狗醒着，即使它闭着眼睛，躺在月光下一动也不动。其实它一直清醒着，能听见十里八方的声音。每当夜里有村东头的狗一声叫，从东到西的狗就全部开始沸腾起来，母亲在炕上用脚蹬着父亲说：掌柜的，你出去看看咋咧，狗咋都叫的这么紧哩。父亲就起来披衣，点上旱烟轻推屋门，先是站在院里仔细倾听，然后蹑手蹑脚地打开稍门的门关子，察觉着黑漆漆的夜。只要有主人出来，自家的狗就不再作声，冲在前头第一个出门。

狗就是这样，只守着自家的院子，不会给别人家助威。有外村的夜贼来，先得知道目的地的人家是否有狗才敢下手。他们一般不进屋，家里也没个值钱的东西。主要是在外面的地里，偷掰你家的玉米，收他家已长成了的黄豆，锯别人家的大杨树。夜贼要偷东西，就先来主人家看看人，先是向院里仍土块。有狗的人家，狗就先吱了声，小偷便溜之大吉，另寻目标。如果一连扔了几个土块，院子里还无动静，就一口气跑到地里收个干净。有时候贼还吓了贼，一帮贼从地的西头进入，已听见东头有人也开始动手，地西头的贼被吓跑的脚步，惊动了地东头的贼，贼便卷起成果，一溜烟也潜入了黑夜，不见踪影。贼都以为是主人家在地里，其实不知道是碰上了同行。

我家第一只狗，和别人家的唯一区别就是它不咬人，也看不住门，但是狗长的很是凶猛，让人看上去是个厉害的家伙。它经常性见人爱理不理，甚至别人一跺脚它就蜷缩进了窝里。有好几次有人都进了屋门，忙碌的母亲一转身被吓一跳。气的母亲一天没给狗吃食，就是麸皮馍也没给上几口。这狗不像第二只，买回来没几小时就趴在地上汪汪地叫，厉害地后来竟没人再路过我家门前的那条小路。几公里外只要能听到什么声响，它就叫个不停。一会儿趴下，一会儿起来，一回来蹲下，直至母亲给狗说别叫了，它才摇着尾巴蹲在一边。后来这只狗被邻居投毒致死。这只狗深得人心，却遭遇非命，惹得母亲和多年不来往的邻居又吵了一架，最后那只狗就埋在家门口的树坑里。第三只狗买回来，我在外上学，只记得每周回去，我进门它也汪汪个不停，后来被送给亲戚看果园去了，听说自从亲戚有了这只狗，果园再也没被人糟蹋过。果园里果子收完后，狗就在亲戚的院子里转悠，突然有天就这么不见了，几个人转了几天也没找见。大家都以为狗闲着无事，被外面乱跑的骚情的公狗勾搭了去，和野狗为伍，在没人打扰的荒郊野地里过起了生儿育女的生活。

有次周末里，我在那个叫十二栓的滩地里挖玉米秆，只听见还没挖倒的玉米叶子一直沙沙作响，声音有些急促，我拿了镢头顺着声音蹑手蹑脚地过去，我以为是狍子，这家伙把庄稼地里的玉米棒子大多都啃食了个精光。我手中的镢头随时都要出手，丢出去为糟蹋了的庄稼解解气。突然一只狗窜过来，朝我看看又跑远，蹲在十几米外的地方看着我，一动不动。我骂了句狗日的，我以为是野狗，在这地方安了窝。狗一直不动，蹲在那里摇着尾巴，望着我。再仔细看，这不是送给亲戚去看果园的黑子么，它已经瘦得皮包骨头，狗腰细的已经一把能攥住。我叫黑子，向它走去。狗不跑，温顺了起来。那天我把我带到地里的干粮一口气都喂给了狗，看着狗吃的狼吞虎咽，我突然有一种难言的痛楚，我也无法体会到此时狗的心境。狗不情愿地离开了家，后来又跑了回来。人把狗送走是对狗亏欠了的，可是狗跑了回来，又觉得自己不是那么体面，做了个逃跑的狗，不知道它啥时候已经偷偷进村，却看着家门不能回，躲在了玉米地里，狗觉得自己对人又有些亏欠。我想带着狗早些回去，狗却不干，我每挖倒一根玉米秆，它就向前挪一步，始终在我脚下。好像只有我把这一地的玉米秆都挖倒，它也就没有了这安身之地，我就能带着它光明正大地回家了。后来这只狗一直让父母疼爱有加，我们这些孩子都离开了家乡，狗却成了他们的唯一伙伴，每天生活在村庄里，看着一户又一户的人离开，母亲之所以不早些离开村子，我想就是因为这只狗吧。狗慢慢地变老了，吃食一天比一天少，盆子里的狗食总是剩那么多，招来馋嘴的鸡，招来在半崖的酸枣树上站立的麻雀，一群群地，俯下来围着狗的吃食盆子一阵饱餐，然后飞去。曾经那么厉害的狗，除了家人，谁也不能靠近他的吃食，可是狗却平平地躺在地上，四脚并拢，有飞来飞去的苍蝇在它耳边转悠，它除了不时地用耳朵闪动驱赶它们，整个大白天躺在院子里似睡非睡。

狗死了，应该是老死的，算算在这个家里已经待了快 10 年了。狗是苦命的狗，生下来就被养不起的主人抱在集市上，想卖上个好价钱。但这只狗从小就强壮了一些，它总是不和其他的小狗窝在一起，而是自己有些霸道地趴在它们身上。狗到我们家里来，也没享上几天福，虽然母亲是个好人，经常给它变着花样地喂食。但是它很少能啃上骨头，每年过年的时候，谁家杀猪宰羊了，谁家门口有倒出来的骨头，我都去给狗拾了回来，狗便也过上了年，看着它趴在那里，前脚双抱，津津有味地啃着骨头的样子，对它来说这是一件多么幸福的事情。

狗的墓地就是它的窝里，只是父亲用灰基把狗原来进进出出的门扎了起来。直到现在，也只有这只死去的狗，依然还看着我们的家，依然还一天天地陪着村庄。

狗是忠诚的。

又搬走一户人家

元元家搬走了，大卡车就在场院上停着。村里的几个壮年劳力抬着柜子、木头板子、粮食袋子。元元他爸死的早，就剩下老母亲坐在卡车边的碌碡上抹眼泪。

元元是第几个离开村庄的人，我已记不清。村庄就是这样，村里的人被一车车地拉走了，一车车地把人的家当都拉走了，拉到了塬上，拉到了城里，拉到了西安的城郊。离开村里的人成了漂泊的人，仅剩下了单薄的故乡。

元元在村里是个能人，有一手好厨艺。以前是每天烧炕做饭倒尿盆地伺候着媳妇，听说他还提着媳妇的内衣裤去河里洗。他白天不去河里，白天河里人多，他就在夜色暗下的时候，端个盆子去洗自己媳妇的衣服。没几年，城里的单位食堂招厨师，元元就去了。每天给局长、科长、股长们做一日三餐，一直做了十来年，把元元原来乌黑的大背头发都做白了。

元元每次骑着自行车子从城里回来，车子后面的麻袋里装着从城里带回来的东西。蔬菜样样数数地都有，还有碗碟筷子和自己家里能用的东西。元元他儿比我小两岁，我们常常在一起玩，每当元元骑着车子，顺着河道边在油坊门的小路上出现时，元元他儿就笑咧了嘴，就不和我们玩了，跑过去坐在他爸的车子上，从我们身边走过，一脸地幸福。那时候我没吃过洋葱和姜。元元他儿和我们玩的时候，我们吃着干馍馍，他却就着洋葱和姜吃。这是我们孩子们最羡慕的时候。冬天有次我感冒不止，有人说生姜水热服可治，母亲给元元他媳妇说了几句好话，才要了几个姜娃娃回来。过年时家里煮肉，剩下的那几个姜娃娃也成了唯一大料。

还有个事，是说元元半夜从城里回来，把食堂的少半扇猪肉带在自行车后座上，遇上了狼。狼在半夜遇见人的时候，都是悄然无声地站起来走路。一直跟在他后面。元元喊着：伙儿走快些，咱们一起走么。元元以为是半夜走路的人，想喊着一起搭个伴。狼不紧不慢的脚步，一直和他保持着距离。过甘沟的时候，狼就跟了上来，狼不袭击人，狼闻见了那半扇猪肉的腥味。狼跟着元元的自行车走了二十里，他发现了是狼，狼怕火，每当他点火抽烟，狼的脚步就慢下来，或蹲在那里不动。他走狼也走，直到狼扑上来，把他从自行车上拉下来，这下才害了怕。后来狼掠走了猪肉，拉到一边饱餐去了。元元跨上自行车猛蹬二十里，回到家已是汗流浃背，几近虚脱，后躺在炕上歇了两天，才缓过神来。

元元家搬走了，他要搬到南塬镇上的村庄。那里地多人口少，听说他还在那里盖了三间红砖房，给了村长一万块钱，把户口也迁了去。车上装了粮食袋子，檩条棍子，还有能用上的家当，满满地装了一车。车要走的时候，元元和哥哥母亲们都抱作一团，哭得肝肠寸断，车久久不能发动。元元和他哥是同母异父，就连元元媳妇和平时不说话的几个妯娌，也泪流满面。故乡就是这样，一把锁，又一把锁，把一户又一户的大门锁上，把村庄掏空，把村庄上的炊烟带走，一户又一户的人们爬上了到塬上的那三十里坡。

元元家搬走时，把和我家连畔种的叫缠门沟的那块地给了我家，条件是一年给他三百斤粮食。父亲爱地，满口答应。人走了，庄稼地不能荒着，地是不亏人的，你撒下个种子不用照看，也能长出粮食。粮食长成了，没人收割，庄稼再落到地里，第二年还继续长出来。元元把他家的地交给父亲，父亲就把原来两家在地里栽的界石挖掉，把两家地之间的犁沟合上，缠门沟那三亩川地就成了家里的主要产粮地。

后来，听说元元和住的那个村庄的人合不来，他又经常在县城忙于生计，有人晚上点着了他家的大门，火势很大，村邻没有人来救。有次只有他略带姿色的老婆在家，有人在窗外学着鬼哭狼嚎，在玻璃窗外的黑夜里晃来晃去，吓得老婆一个人蜷在炕角全身发抖，夜不能寐。元元每年都回来，在我家吃上顿饭，说说他离开村庄后的人和事，沿着村庄的路一个人走，走在他原来的家里，拔长高的蒿草。就在元元拔的起劲时，一个黄鼠窝出现在面前。黄鼠早已逃离，黄鼠窝里五谷齐全，麦穗、玉米棒子、豆荚，好大一堆。他用衣服包了回来，装了袋子，和我家要给的粮食一起带了去。后来这处庄基卖了，卖给了村西头的战西，战西家一直住着半只窑洞，总算有了两只大窑，在一串鞭炮中搬着自家的瓦瓦罐罐、农具粮食，拉着两头牛走进了家，开始了自己的新过活。

那次回家，在县城的大街上路过，有一怀孕的女人和兄弟说话，我不认识。说完后，兄弟说那是元元家的碎女子（小女儿），她离开史家河时母亲还抱在怀里，现在都已经成了人妻，在县城的大酒店里做领班。兄弟说他老公是农村出身的娃，在饭店里掌勺，挣了几个钱，就染上了打牌，打一次，输一次，输的有天夜里被人扒了裤子，夜深人静时才溜回了出租屋。我问兄弟，元元叔现在干啥呢，兄弟说光景不好，好像在百子沟装拉煤车，县上的沟里这几年开了许多煤窑，装车的人成了煤黑子，一天能挣上个百把块，可是人常年干下去就累坏他了。我看着元元他碎女子走过的身影，消失在县城来来往往的人群里，看来现在已经是我们这代人的世事了。

有风的村庄

村里人少了，没有了生机，村庄就被风占据了，风成了村里最忠实的居民。夜里，风吹着满地的玉米叶子沙沙作响，玉米秆顺风倒成一片，半天直不起身子。我最怕夜里的风，它往往吹得家里的铁门闩不停地敲打着木门，声音急促，让人连觉都睡不安宁。每当各窑门的门闩子响了，父亲都要从被窝里爬起来，出去看下。其实人们都知道是风，但是心里还是不踏实。有次半夜里一阵风吹开了稍门，稍门年多了，门闩咯吱的一声急响，全炕人都爬起来，注视着窗户台上那巴掌大的透明玻璃。这块玻璃是屋里能看见稍门洞子的最佳位置，看了许久，没有人进来，风过后又恢复了夜的静。父亲才知道稍门晚上没关住。稍门是家里的第一道防线，每天晚上谁最后回来，都要把门闩插上，插紧。

马家底的人曾在夜里丢了牛。每当鸡叫第二遍的时候，一泡尿就会把马老三憋醒，他去牛圈里舒舒服服地小解完，然后给牛的槽里添上草，再回去睡上一觉，天基本就亮了。那晚他冲进牛圈里，人还迷迷糊糊着没尿完，就看见牛槽上没有了牛。牛是家里最大的家当，马老三把还没有尿完的尿憋了回去，牛圈里确实没牛了，只剩下前半夜里牛吃剩的半槽草和搭在栓牛桩上的缰绳。马老三喊了一声牛咋不见了，就腿软了下去。村里人都在给马老三找牛，提着马灯，顺着马老三家出门的路，找着牛留下的脚印。夜里风大，风扫村庄，留下的细土铺地，找不见半边牛蹄印。马老三骑车去二十里外的镇上报了案，警用三轮摩托比他先到村里，风把警察的大棉袄填的鼓鼓涨涨。牛是马老三的命根子，没了牛，这个家三天里都是冰锅冷灶。他的婆娘常常坐在崖坝上哭，诅咒着偷牛的人不得好死，会学狗叫唤。崖坝上北风飕飕，邻居女人们都去劝，说娃他姨，不哭了，你看风这么大，吸凉风身体垮了以后咱这日子还咋过呢。

人往往冬天就闲了下来。有人用铁丝网在麦地里套野兔。也有手脚不干净的人，常常就在有风的夜里，有风的身体掩护着，有风的眼睛看着路，半夜出没偷鸡摸狗，伐别人家的大树或揭蔬菜大棚上的塑料膜。风成了罪魁祸首，往往是在夜里抓住土地的头发使劲地肆虐。那年高安公路刚修通，还没有铺上石子，坑坑洼洼的不平整。人常说要致富，先修路。村里唯一从河川里向县城的路修通了，就给小偷们也带来了方便。高安公路边不远处的土台上，我家地头上的大椿树已经长了几十年，每年春天都枝叶繁茂，夏天绿树成荫，我那时伸开手臂都抱不住。那是我家唯一的一棵大树，父亲说等着我长大了，就把椿树挖了用来制结婚的家具。他一辈子的家具就是一个木头箱子。作为家里的长子，二十世纪五十年代已经是不错的婚嫁。父亲的红漆箱子一落土，母亲就会擦的发亮。箱子上面龙凤呈祥，鹊鸣雀跃，上面写有明儒手作的字样，至现在已快四十年，还是完好如初。就是因为那棵椿树，那块地就叫椿树硷。椿树硷长得麦子不结穗，但每年种的洋芋却异常个大肉面。就在一天夜里，椿树被人拦腰锯了去，椿树硷底下就剩下些仅能烧柴火的细枝末叶。从现场看，是几个人作为，先把椿树锯倒，然后又去掉枝叶，长了几十年的椿树就在一夜之间成了树磙子，被人抬上拖拉机拉了去。旱冬不落雪，还没压瓷实的高安公路上，被来来往往的车压的汤土能埋住人的脚。土见了风，轻薄地就跟着四处散刮，把村庄的沟沟洼洼笼罩得严严实实。树丢了，高安公路上已经没有了车辙，车过后的汤土，已在风的吹刮下把车辙填的平整，没有留下蛛丝马迹，只是偷树人的脚印把椿树硷底下的冬麦踩得东倒西歪，树痛苦地倒下时，在硷畔上拉开一个豁口，看上去很是刺眼。树丢了后，椿树硷的地就不再种了。没有了树，河川里的风就更大起来，吹得父亲的卷烟几次都没有点着，吹得母亲深下去的双眼里泪水纷飞。

这大风的村庄啊……

钻井队

自从186钻井队在红岩河边勘探放炮起，史家河这个偏僻安静的小山村着实热闹了半年，就连我家那年种的一亩西瓜，不用出地，也半生不熟地卖上了个好价钱。

那天大大小小十几辆“解放牌”大卡车顺着山路轰轰隆隆地下来，路上的细土笼罩了半个山沟。这是史家河一次性来车最多的一次，至今都没有再打破纪录。每个卡车的车门上都印着“石油勘探”四个刚劲有力的白字，车上下来一群男男女女，在河岸的石头台阶上安营扎寨，生活了下来。他们每天下钻，水、泥浆、柴油溅的满身都是。在这荒凉的地方，他们常常在回到驻地的路上，纵情呼喊，那时候流行“妹妹坐船头”之类的情歌，大男人们都放声歌唱，后面的女孩们随声附和，只觉得他们的灵魂和生命是那样地真实。有人赶集回来，买了酒，晚上河边的火堆旁，常有猜拳喝酒的声音。站在远处，远处的井架清晰可见，火红的颜色，簇簇朵朵，我觉得很是温暖，史家河这块没有勘探过的处女地却成了一片热土啊。

那年，正好我家在滩边的沙石地里种了西瓜，已经长得碗口大。我每天都在瓜地里搭的简易棚里看西瓜，读路遥的《平凡的世界》。有钻井队齐发的女孩来，皮肤虽晒得黝黑，但看上去是那么充满了青春的气息和活力。女孩和姐姐一般大，二十出头，石油勘探中专毕业，每天背着一大卷的图纸，哪里有埋下去的炮眼，哪里有勘探车的位置，都画在她的图纸上，记在她的心里。我那时对《平凡的世界》如痴如醉，翻过来倒过去地看，常常陷入书中主人公的生活冲突世界里而不忍释卷。那个齐发的女孩也喜欢读书，她带的书籍不多，和我交换着读，我第一次拿到她的书是司汤达的《红与黑》，被小说主人公的心灵空间所感动。后来上了大学，才从外国文学史里学到，这种手法叫作“意识流小说”，后来当我在图书馆里读到《红与黑》时，就想起了那位女孩书的扉页上的一句话：读书就像吃饭。吃饭时吃了动植物的生命，变成了我们的生命，而读书是更高级的吃饭，吃的是别人的精神。也是这句话，改变了我从开始单纯的喜欢读，到最后明白了读书的深层次含义。

钻井队里有个叫二狗的人，个小体圆，满面胡须，声腔洪亮，说一口四川话，常常背着麻袋来买西瓜，或去代销站买烟。二狗来，要花皮的大西瓜，满地地挑。他是个挑瓜的能手，一听二看三摸四掂，他说纹路清晰，两头部分凹下越深，敲上去声音沉闷的就是好瓜，用手指在西瓜上弹几下，如果声音清脆、音调高，就知道是生瓜。还有半生不熟的，就在瓜身上划上十字，是下次来的首选。挑好之后，他总喜欢切开一个，一个人蹲在地边吸溜吸溜地吃完，然后背着袋子就走了。就这样，那年地里的西瓜，经常是在地里已卖出去大多，也不用了父亲拉着架子车去镇上，或者挨村串户地喊着叫卖。二狗经常去代销站，和村里的人都成了熟人，见人相互打个招呼，且嘿嘿一笑。代销站里的白玲是个开朗之人，和二狗常在院边天南海北地聊。二狗有次开着拖拉机给邻里碾场，拖拉机没油了，来不及去镇上买，他就把钻井队里的柴油壶提来，让拖拉机喝个半饱，拖拉机就又开始突突地冒着黑烟，在一家家的场院里欢快地跑着。白玲家的小儿子有天搬倒了热水瓶，烫的全身起泡，二狗一口气抱着孩子冲到了村里的药铺，后来二狗在白玲家喝酒，并给孩子买了银饰的长命锁，双方结成了干亲。二狗再去白玲家时，白玲就给娃们说你干大来了，孩子就怯生生地站着，干大干大地叫。

每当钻井队里开始放炮时，村里人就远远地站着，一起看个热闹和稀奇。嘭的一声，河边升起了蘑菇云，然后就是黑泥和着石头沫子从空落下，有小孩去捡了放炮用的细丝绳子，一根根地捋直，久而久之，积了粗粗一捆，巧手的老人就用来编精致的提篮，来年孩子们要么提着提篮给地里干活的大人送饭，要么提着在菜地里摘菜。钻井队走的时候，许多不用了的东西都送给了村民，有帆布棚子，有塑料帽子，甚至还有一捆捆用来绘图的纸张。帆布棚子这么多年，还有人在农忙时搭在场里，防雨又防晒；塑料帽子就像西瓜皮，没有了大人戴，小孩们戴上玩打仗的游戏，很是威武；一捆捆的纸张是最宝贵的，大人们用刀子裁了，装订成孩子的练习本，用了好几学期都还没用完。车子启程的马达呜呜地叫着离开村庄的那天，二狗站在车厢里摇着自己的外衣告别。白玲满脸泪水地在后面追着，手里提着煮好的一袋子茶叶蛋。后来冬天里，河水冰封，但钻井队在河边钻出来的泛水泉子还永不停息地冒着水泡，咕咚咕咚地向外流着，村里人就用来洗衣，饮牛，直到现在。

算卦

风唱出的歌，在故乡的大地上行走。有神婆来，在村里算卦。神婆是高明他老婆请的，她是要算算自己是否还能生个男娃儿。那时候流传说烧了花椒树不再生娃，高明他老婆是个懒人，经常不出去收拾柴火，门前的大花椒树枯干了，就拿了当柴烧，为此高明没少和自己的老婆吵架。神婆来，点香烧纸，口里念念有词，说不出三年，高明他老婆就会再为家里添个男丁。高明听了，喜出望外，家里做饭烧炕倒尿盆的事情，自己都抢着干。后来，高明的老婆还是没有生出娃来，在六甲堡子抱养了个女孩，至今还在上学。高明的大女子和我同年出生，比我大几个月，小时候我们常常在场院里玩过家家。她现在已经是几个孩子的母亲了，听说跟着老公四处打工。

就在高明他老婆请神婆来的那几天，我母亲也是为了妗子的事夜不能寐。妗子在改嫁后，被原来的夫家以欠钱为由带了回去，留下刚出生几个月的孩子嗷嗷待哺。母亲经常性梦见妗子跑了回来，半夜里敲我家的门。神婆来，母亲要去算算妗子啥时候回来，神婆说不出本月底，从北塬回来。正好妗子前夫家属于北塬，母亲掐指算来，离月底不足十天，甚至夜夜都不关上稍门的门闩子，就担心妗子回来了进不了门。月底已过了两天，妗子果然回来，半夜里在我家院子崖坝上扔灰基块。

我从小爱看书写字，走到哪里都想把能看到的字认完。但是遇上算术，就成了“黏糨糊”，一窍不通。母亲望子成龙，便让神婆给我算了命，神婆说的头头是道，说我头上三颗旋，之间能滚过去一个鸡蛋，长大必定能成知县。即使成不了知县，也能在镇上做个文书，干些写写画画的事。读书十几年，我后来学了中文专业，现在每天上班以文字为生，下班以作文为乐。乐在其中。

镇上每逢三六九是逢集日，四面八方的人都来赶集，甚是熙攘。算卦的人也骑着车子，找个角落，在地上铺上纸，上面写着抽签算卦起名测运看风水等字样，竹筒里放上抽签的筷子，看上去无所不能，百事皆知。我所在中学门口出了交通事故，一辆三轮蹦蹦车把骑自行车的女子撞倒了，镇上医院的医生都赶了来。大家围上去一看，这妇女是后峪村那个神算子。有人说，这神算子今天出来之前，也没给自己算上一卦，看看自己今天运气咋样，如果能算来自己今天要出车祸，宁可坐在家里也不出来受这罪。看来神婆也是正常的人，给别人算卦时能满腹经纶，头头是道，但却无法预料自己。算卦只是一种谋生的手段，用这种方式挣几个钱养家糊口，卦后该干啥还得干啥，生活还得自己踏踏实实地过。

半夜游走的人

夜深下来，牛也吃完了最后一槽苜蓿，它陶醉在苜蓿淡淡的甜味里，细细地反刍。元元往往在半夜里，从城里的食堂把菜蔬和家里能用的物什用自行车驮回来。元元不敲门，先从崖坝上扔一块灰基下去，再细声地喊声：银铃。银铃是元元的老婆，她常常还没睡，等着给元元开门。木门吱吱地开了，元元的身子和自行车都从开不大的门里挤了进去。元元以为村里的半夜没人看见，其实有一双眼睛一直在盯着他，那双眼睛就在村里的杨树背后。站着看元元的人，把他带的东西看的一清二楚。元元回来一次，村里的人最后都知道了，知道他不顾一切地把属于城里食堂的东西，给自己家里毫无节制地拿。

秀子不是故意看到元元的，她常常白天里睡足了觉，晚上挨家挨户地在别人家的门口转。谁家稍门没关好，谁家把农具落在了门口，谁家门口的干柴垛有多大，她都知道的清清楚楚。有次昌民家一把大铁锨在门口放着，秀子先摸了摸昌民家的稍门闩子，昌民在屋里睡着，呼噜打个不停。秀子知道昌民睡熟了，放心地把铁锨拿起来掂了掂。这把明晃晃的铁锨，在月光下闪闪发亮，甚至有些刺眼。这是把好锨，如果冬天给地里送肥，给架子车上装肥再好不过。秀子就扛了去，踏着月光轻声轻步地回了家。

有次秀子去了别人家果园，在地边的荒草堆里坐了很久，果园的主人没有在地里，只有松鼠在果树上咔嚓咔嚓地吃个不停。秀子不想让主人第二天发现自己的足迹，踏着架子车压下的车辙，在这个果树上摘几个，在那个果树摘几个，苹果长的稠，这样摘了主人也不会发现丢了果子，以后会提高警惕。就在秀子在地东头摘得带劲的时候，果园西边也有了声音，秀子屏住呼吸，停下手，那边也没了响动。秀子以为是主人，撒腿就跑。西边的人也跑了，和秀子不同的方向。秀子从脚步声里，听出了这是个男人。第二天，秀子装作在果园西边给牛割草，还专门察看了昨晚跑掉的人的脚印，是男人的，至少有 43 码大，脚印在松软的地里踏下了深深的地窝。秀子仔细端详着这脚印，看看是谁家女人的针脚。秀子在村里活了 50 多年了，她能知道村里所有女人针线活的风格，谁家女人纳的鞋底针脚稀，谁家纳的针脚密。她成了果园的主人，她成了镇上派出所的警察，好像是别人偷了她家的果子，她要找到偷果子的那个人。

秀子看出来，那是可怀家老婆的针线活。只有可怀家老婆的针线活差，针脚大而细，做成的布鞋也不是毛边底子。可怀白天不出门，晚上背上个蛇皮袋子，在村里的玉米地里，在苹果园里，在别人家的小菜地里，转上几圈，家里的时令蔬菜瓜果就有了。往往是别人还舍不得吃嫩玉米棒子的时候，他家门口已经倒满了玉米芯芯。他家五个娃，个个都到了吃东西长身体的年龄。往往是别人还吃着松鼠咬过的苹果时，他家的娃儿已经拿着 70 环以上的大果子在啃。有人问，猫猫狗狗你们的苹果哪里来的啊，狗狗猫猫们就说从我舅家背的。狗狗猫猫是可怀家的儿子，孩子多了，小名起不过来，就用狗狗猫猫来代替着叫。叫的人多了，孩子们自然就知道是自己的名字。村里有果园的人，都成了狗狗猫猫的舅家，狗狗猫猫吃起来当然就理直气壮了不少。孩子们还小，吃东西也不回避人，大家给教好了说是从舅家背来的。可是就是那么大的村庄，谁家亲戚在哪里，长的什么样子，家里都有些什么，大家都知道的清清楚楚。何况狗狗猫猫的舅家就在村里对面的党家沟村，两个村子之间就隔着一条红岩河。

前些天，我回到了村庄。初冬的史家河满山凋敝，草木枯败，稀稀落落地几个老人已经穿上了棉袄，抱着玉米秆准备烧炕，土炕陪伴了人一辈子，玉米秆填进去，柴火产生的烟和热气，通过炕间墙时烘热上面的泥胚而产生热量，温暖着人们的身体。三叔出去打了工，家里只剩下江龙一个人，没有看住门。半夜里，被人一捆捆地背走了干柴垛。有人半夜要进院子来，狗就一直汪汪地叫。人就给狗扔了含有老鼠药的蒸馍，狗不知道这是送命的最后吃食，没过一会儿就口吐白沫地死亡。没有了狗，村庄的夜晚就沉浸在冷静的夜里，半夜走在村庄的人就慢慢悠悠地拿走不属于自己的一切东西。村庄就这样空了，空的让我不知所措。

人和庄稼一起流浪

我那天在西安城的八里村口，遇见了狗娃。他正扛着一袋子面粉，满头大汗地在前面走，身上的夹克衫上沾满了白面沫子。他媳妇双手吃力地提着半蛇皮袋子青菜，走路一扭一拐的，高跟鞋上面都是土，他们刚从家里回来。在西安打工的人把租住的地方不叫家，给别人只说我在哪哪住，在他们心里，故乡的那个已经上锁的家才是真正的家，那里才是自己一辈子的安身之处。来西安，只是为了生活。

狗娃在西安打工好多年了，原来在建筑工地绑钢筋丝，后来又在小区当保安，现在骑电动摩托车了，就在八里村的地铁站口揽活儿。我经常坐电动摩托，快捷、方便，就是不安全。用我们农村话来说，就是人身上的肉，夹着一块铁。农村人还以为电动摩托是铁质的，其实不是。电动摩托不皮实，见碰就烂。我也有一次坐过狗娃的摩托，从八里村到曲江行政商务区，绕过电视塔就到。狗娃张口要 15 块，用夹杂着方言的普通话跟我报价。狗娃不认识我，他看我戴个眼镜，穿着光鲜，急急火火地，肯定能多挣上几个钱。我认识狗娃，我离开故乡这么多年了，每个人都在我心里记着，我常常在梦里见这些人，他们在梦的世界里与我交流，或者出现。但是我还活在人们对我小时候的印象里，脸圆圆的，手背厚厚地，不爱说话。就在我前些天回到故乡吊孝，跪在灵堂，头上戴上了高高的孝帽，还没有几个人知道我是谁，从哪里来。过了半天，有人说，那是谁谁家的大儿子。众人都知道我父亲的名字，顿回过神来，说你看咱整天都活傻了，还以为这娃还是个碎小伙哩。

狗娃的电动摩托在车流间穿行，左右摆动。我听见车里有人在骂，骂骑摩托的和坐摩托的都不要命。人都是这样，开车的骂骑电动摩托的，骑摩托的骂走路的，走路的又反过来骂骑摩托的和开车的。往往是开车和骑车的骂走路的，说你眼睛瞎了，不长眼；走路的骂开车和骑车的，说你急着给你先人去摔纸盆呀。每个人心中有怨恨和毒气都要发泄似的。我这人不计较这些，谁说归说，谁骂归骂，不往心里去。我觉得划不来生这些气，我们都拥挤着来到这个城市里，又拥挤着来到这条街道上，都渺如细尘，微如幼蚁，何必因区区小事怒火冲天，磨牙漱嘴地半天，浪费了时间不说，还给自己吃一肚子气。

狗娃的面粉是从老家带来的，他几个月回家一次。他舍不得回家，每天在地铁口拉人能挣上个百八十块。家里的稍门锁了，粮食都在里面。他每次回去在粮食囤里装几袋粮食，去磨了带到城里来。人走了，粮食就紧紧地挤在一起，看着这个家。家里有粮，人心不慌。家里没人，粮食就成了家的主人。它们等着主人一次次地回来，打开了门，阳光就照射进来，满地的阳光就把粮食暖热了起来。烟囱里冒出了青烟，烟里带着玉米秆甜甜的味道。狗娃家里粮多，这都是前些年没出去打工时，地里一点点收成起来的，十几年也吃不完。狗娃出去打工了，粮食就在家等着主人。有时候有老鼠打洞进来，三五成群地，也吃不下个小坑。种地的成本越来越高了。地膜、化肥、收种，这都需要钱，都需要找人来，狗娃两口子忙不过来。眼看着两个娃齐刷刷地长大了，上学成了家里最大的开支。粮食能温暖人，但是卖不了几个钱，村东头的老员外家攒了一辈子粮食，几孔窑里的大囤满满地一个挨着一个，后来收粮的人来，拉了几拖拉机才卖了三四万块钱。狗娃在城里，每天骑个电动摩托，一年下来就能挣上这个数。

狗娃进了城打工，家里的粮食磨成的面粉也一袋袋地坐着长途班车，来到了城里。狗娃的住处搬到哪里，面粉袋子也就跟着走到哪里，狗娃没有了面粉会心里惶惶，面粉没有了主人也找不见回到故乡的路。狗娃在西安，从最早的方新村搬到等驾坡，然后到西辛庄、徐家庄、东八里村，然后到现在的西八里村。面粉跟着狗娃把西安城逛遍了，走到哪个村里都是人挨着人，楼挨着楼。狗娃原来在东八里村住，没想到去年被拆了，西八里村现在涌满了人。房租也就跟着水涨船高，现在个单间都350块了而且还得提前预交，不预交的房东就视为下月要搬走。每次狗娃都是扛着满满的一袋子面粉来，过上几月拿个空空的袋子回去，城里卖的面粉贵，蒸的馒头个头虚大，也不瓷实，对出力干活的人来说，吃上几个胃里还感觉空空的，挡不住事。还是家里粮囤里的好吃，所以狗娃就这么多年回去，一点点地把面粉背到西安，这样粮食也就见了世面。

村里的地狗娃还种着，每年种麦子，种油菜。收种的季节，不是匆匆地把种子埋在地里，就是不分昼夜里把庄稼收割回来。他舍不得把地给别人，自己种了这么多年，只有自己了解自己的地。哪里地生，哪里地熟。地不能连续几年种一样粮食，这样地就肥不起来，得倒换着。今年种麦子，明年种油菜。今年种回茬，明年种原茬。化肥也是碳磷酸钙地复合着给地里撒，地和人一样，缺什么，补什么，这样才能苗株长的壮实，就自然丰收了。人常说，人不亏地一时，地不亏人一季么。狗娃回城的时候，往往要转遍每一个田地，看看有人在麦地里偷着放羊了没，看着油菜根腐烂了没，拾起地里没有风化的粪疙瘩，用手捏碎了撒在地里。把庄稼身边的杂草连根拔起，扔在地边，不让和庄稼争着吸收土地的养分。庄稼们看着狗娃离开了地边，踏上了班车。狗娃对庄稼恋恋不舍，从车玻璃里看着在风中摇摆的庄稼。庄稼看着狗娃从河滩里的高安公路上出去，从另一个山背后过去，再也看不见了，才收了心。庄稼成熟了的时候，有时候还不见狗娃回来，看着旁边地里已经收割完毕，只剩下麦茬在地里，等着下一场透雨进入大地。庄稼就想回家里去，想去西安城里找狗娃，庄稼们没去过西安，不知道去西安的路咋走，它们只知道自己身旁的这条石子路叫高安公路，边上的这条河是红岩河。有庄稼说，咱们沿着河流走，红岩河流到了泾河里，泾河又汇入了渭河里，我们顺着渭河就到了西安。庄稼们一团团地拥簇在一起，向村庄外眺望着，它们不敢轻易迈开步子，这些乡村的庄稼等着狗娃回来，带着它们一起去西安流浪呢。

耧车

母亲在出去借耧车之前，把我狠狠打了一顿，我吓得不敢哭，只抱着挨打了的腿在地上转圈圈。母亲打我的原因就是我把耧从地里扛回来的时候，摔断了耧腿。

耧车每年就忙播种这一个季节，其他时间，耧车都在家里放农具的那个窑里面。虽然耧车平时闲的很，但在开始用时就不分白天晚上地听见籽种锤在叮叮当当地发出有节奏地摇摆声。母亲是个好强的人，她不会让自己的庄稼种在别人后面，长出来的青苗比别人差。如果长出来的苗不好，她就埋怨父亲少买了化肥，或者播籽种的时候耧车摇的太慢。但是播的太稠也有问题，拥拥挤挤的青苗都聚集在一起，互相争夺地里的水分和营养，争夺天空洒下的阳光，青苗都长不强壮，来年收成肯定差哩。

我不知道母亲跑了几户人家，给人家说了多少好话，才扛着个歪腿耧车从稍门里走进来，一脸杀气。一家人就拉牛，背籽种，向还没有播种的地里赶。农村人每天是早上晌午两顿饭，要下地的时候，往往晌午饭在两点前就吃完。走在去地里的路上，已经有人在地里开始吆喝着牛，摇起了耧车。母亲的气还没散去，又开始说："跟着你们这一家子人能把我一天气死。当娃的光闯祸，连个耧车都扛不好；当大的一天觉睡不够，下年吃的时候把嘴都扎住啊。看人家谁谁那两亩地都快种完了。吃的时候光说这这不香，那那不好，种的时候不先把籽种埋到地里，来年把麦当啥吃哩。"母亲心急，人又好强。我们都听她的，在她生气的时候绝不吭气。

父亲是摇耧车的好把式，他技术娴熟，春秋季播种时哪里有庄稼，哪里就有他摇耧车的声音。耧车除了耧铧是磨的光亮的铁，其他都是由巧手的木匠制成。在播种的时候，父亲能知道耧车的木插销口的开合与大小，听着籽种锤响的频率和声音的大小，他能知道播下种子的稀稠。母亲牵着牛，父亲时而让慢，时而让快，还要不时地用手撕着缠在耧腿上的柴草。两亩地播完，父母亲免不了要拌上几句嘴。父亲已经是头冒热汗，会埋怨说母亲把牛没牵好，耧车沟弯弯曲曲，影响籽种稀稠。母亲顿时回应，我牵不好，你看看谁能牵你叫去，我不牵了，我宁可去打灰基挖地头。两人你说一句，我说一句，说完了地也就种完了，母亲回家做饭的时候，父亲就抽着烟，擦拭着耧铧，检查着耧车的其他部位是否完好。母亲擀的是裤带面，一家人都端起大碗，吸溜吸溜地吃上两碗，又该扛着农具下地了。

有次去关中民俗博物院，其中的一个展厅里是耧车，讲解员说耧车始于战国，汉武帝时大有改进，从两脚耧发明成了四脚耧，到现在的六脚耧。这种一人在前面牵牛拉，一人在后面手扶着播种，小孩拿着籽种，满地跑着给耧车的籽种兜里填籽种的农作图已经相传几千年了。父亲传儿子，儿子传孙子，子子孙孙把这种播种的方法传承了下来。耧车也成为了祖宗留下来的家当之一，虽然现在农业机械化程度提高了，但是故乡的大部分田地，拖拉机进地都无法调头，耧车还是派上了大用场。这些年，种地的人渐渐少了起来，耧车也退出了田地。听讲解员说这家博物院的耧车也是从农村收购来的，这是对农村播种方式的记忆和见证吧。

碌碡

农村有个习俗，年轻人结婚时，新娘子路过的地方，不能看见碌碡。我不知道这习俗从何时兴起，但到现在还在流行。当新娘随着迎亲的队伍过来时，前面有人已经拿红纸将碌碡盖住，或是几个小伙子合力推到人看不见的地方。人结婚为了个好兆头，碌碡就显得有些多余。后来问了母亲盖碌碡的原因，母亲说听她奶奶说，那时封建迷信传说，新娘子见了碌碡以后会生石钩子娃。这也是母亲的奶奶听她奶奶说的，就这样一辈辈传了下来，直到今天。

农村家家户户的场院里都有镇场之宝，那就是碌碡这圆圆的石头磙子。碌碡除了冬天静静地守在场院，和麦草垛为伍，或偎依在麦草垛底下取暖外，其他季节都是场院上的唯一“红人”。伏天里，十几亩麦穗脱粒就靠它一圈圈乐此不疲的碾压；秋天里，黑豆黄豆蔓死豆荚饱满，碌碡又得在场院里忙活些日子。

那时每到农忙时节，我们家几个孩子就成了父母的好帮手。有在家做饭的，有在场院里看护的，有在地里给父母牵牛的。二姐就是吆碌碡的好把式。她脾气温和，不慌不忙，吆喝着牛在碾麦场上一转就是三四个小时。夏天的天气，是个娃娃脸，说变就变。人得先把地里的麦子收割回来，跺起来放在场院，上面用塑料纸捂着，以防暴雨浇灌个透。每天早上村里的大喇叭都会播报天气，播报天气前，为了引起人们的注意，总会放一段秦腔《梁秋燕》，当唱到“这娃长的没弹嫌”时，广播就转播陕西人民广播电台的天气预报了。顿时大家放下农具，侧耳倾听，一听到今天到明天，关中晴天，温度28度以上时，家家户户都开始摊场，摊场时人越多越好，把垛起来的麦草一个个地摆满场院，然后解开麦捆，围着场院铺成几个大圈圈，直到把场铺满，让午后的大日头晒上几个小时，等下午三点日头正好的时候，就把喂饱了的牛套上，两头牛拉着碌碡一圈圈地碾轧。在开始碾场前，还得准备好粪笊篱，偷奸耍滑的牛往往刚一进场就屎尿不断，我往往端着笊篱跟在牛后面。我接了一次，还没跑出去倒了回来，另一头牛就开始了排泄。二姐往往手里拿着鞭子，握着处绳。处绳一头握在二姐手里，一头系在牛的笼头上，当牛走歪了的时候，二姐手里的处绳就使劲地拉。碌碡就这样让牛拉着，把麦穗上的麦粒儿碾下来。碾场的时候，往往是第一遍碾完，父母又用铁叉把已经碾的贴在场上的麦秸秆再翻一遍，晒上个半把小时，又开始碾二遍了。直到日头西下，把麦秸秆碾熟，麦粒儿都脱落了，这样碌碡才完成了自己的使命。有时候一天还能碾上两场，一个农忙下来，青石碌碡变得干干净净，磨得发亮。卸了牛的套绳，人又开始忙着起场，大人们一圈圈地用铁叉翻着麦秸秆，等麦秸秆都被堆成一个个小堆堆时，颗粒饱满的麦子就已一层层地在场上躺着。在场上累了，人们就躺在碌碡碾过的麦草上，麦草松软舒坦，歇息上一会儿，淡淡的麦香味儿弥漫。

碌碡歇了一冬，每当在收获季节里，家家户户的场院上，昼夜不分，咯咯吱吱，起伏不断的声音不绝于耳。后来拖拉机代替了牛，但是碌碡还是没变，只是比牛拉着更快了些。村里有三台拖拉机，每当在碾场的时候从东家场院里出来，从西家进去，跑的欢欢实实。拖拉机手在农忙的时候，只碾场不收钱，等农闲了再上门一个个算时间，收费用。家里有个小本本，都会将每次拖拉机来碾场的进出时间记下来，等到了结账时候，便拿出来一一核对。小本子上记着司机的名字，碾场时间和日期。金贵，生场，23 分钟，5 月 7 日；西西，熟场，15 分钟，5 月 9 日。这五月是农历，农村一般不说阳历的事。生场是麦穗头遍，多些时间麦穗才能脱粒，熟场是二遍，时间就能短一些了。

正月十五去舅家看社火。村民都说“看拉碌碡去”，只见几个大男人脸上抹上锅台里大锅底的黑墨，女人们穿上鲜艳色社火服。老汉在后面赶碌碡，口里说着“叫你针线你不做，拉个碌碡大家看”，女人们扮着小伙子在前面拉碌碡，小伙子却戴着白帽子提着竹篮儿扮演送饭人，几个人在大鼓声中相互配合，逗耍喜乐，惹得看社火的人咧嘴大笑，小孩子却挑着牛屎扑塔灯笼，四处钻着空子，一不小心被酸枣树刮破着火，心疼地哇哇大哭。大人说，好娃哩，你哭啥，正月十五灯笼着了，来年庄稼要丰收呢。走，回去我给你再点一个。大人话说完了，可是社火还没演完，屁股还在碌碡上坐着，还没把碌碡暖热哩。

耱

冬天，父亲一早就出门，腰里挂着绳子，拿着剪子和镢头。父亲说，你把门看住，过一会儿去给牛添点草。他说完就出去了，我知道他去砍酸枣树了。门外四处都是酸枣树，离家近的，都被母亲嫁接成了枣树，所以父亲得走些距离。他要么去洞子沟，要么去白草山，那里的酸枣树长的端正，没有斜叉，骨节韧度也好些。就在秋天，那头大犍牛在拉耱时，挣脱笼头跑开了。父亲抓着牛缰绳跑出几十米，差点被甩下硷畔。大犍牛跑遍了半个村，最终被父亲逮回来，犍牛跑的代价是自己鼻子上多了个铁钉卷子，缰绳就拴在卷子上，它再骚情就用缰绳拉卷子，知道疼了就不乱跑了。犍牛把套绳挣脱，把耱上的架子碰坏，耱齿坏完了。

父亲去挖酸枣树，就是回来要在农闲时节重新做个耱齿，免得开春了没啥用。父亲中午回来了，背着一捆已经把细枝末叶剪去且长短一致的酸枣树条。酸枣树齿尖锋利，已经被父亲一一剪去，就剩下一根根的条子。吃过饭，父亲找了几个老树根，在门外点燃了起来。酸枣树条一个个地在火上来回转着烤，待酸枣树条烤软的时候，就用手左右向下弯曲，拧成回形针状，编在已经做好的耱架子上。半天时间，用了几百根酸枣树条的新耱在父亲手里，成了农耕时节耱地保墒的好农具。

处暑过后，夏季结束，村里人就得开始平整田地，耙耱保墒了。麦收过后深耕了的田地，经过了暴雨季节，已成为熟地。父亲心疼牛，却不心疼自己。母牛刚生产不久，就剩下犍牛一头，耱地的时候，需要两边同时出力，地才能平整。耱上人站的越重，熟地上长上来的柴草才能被耱连根拔起。父亲在耱上挽了绳索，一边是牛，一边是自己，自己拉着牛绳，和牛一起走在田地里。我站在耱上，想让脚轻些，就靠后站了下，每当我一动，父亲就马上能感觉到耱轻了些。耱在地里转几圈，耱口上就积起了土和柴草。父亲让我站在耱上抖几下，土就下去了，土就被耱再次刷平整了。我是多么地不忍心站在耱上双脚来回跳啊。每当我轻轻跳一下的时候，父亲肩上的绳索就使劲向后一顿一顿地，绳索就勒进他的骨头里去了。他始终是那么瘦，始终不顾惜自己，爱田地如命，爱庄稼如命，爱牲口如命，宁可让自己干活持重，都不愿分给和自己走在一起的牛，都不愿让自己的孩子拉上一把。就和他每次驾辕拉车以后，有牛在前面挂着，自己还要驾着伴绳，把自己累的青筋突起，头冒大汗，他也不愿意把伴绳取下来，宁可让自己多出力，都不愿把牲口累了。他说给牛搭一把劲牛就松泛些，而没有想把自己累的趴下了，谁给老婆和孩子们当顶梁柱，老婆和孩子们去靠谁呢。

犁耧耙耱耩子铧，铁锨篓担和木叉。这些农具是陪伴着农民一生的。农民种了一辈子庄稼，把农具们都磨的光滑油亮。这么多年，我每次回去走在那片土地上，乡村旷野散发着泥土的香气，山水清秀恬静。耱和其他农具一样，这些陪伴父亲多半辈子的家当，静静地靠着窑帮站着，上面落满了麻雀粪便，无声地注视着我，它和我一样，情感是火热的。

大锅台

我那时候最大的梦想，就是给母亲的大锅台上贴上瓷片。从老祖先击石取火埋锅造饭开始到今天，锅台就成为家家户户生食转为熟饭的操持之台。锅台是用灰基胚子，和上黄土泥砌成，四方形的锅台，放上大小两口铁锅，有进风口、出烟口，锅台正面是进柴口和出灰口。母亲围着锅台转了几十年，每次都在烟熏火燎中煮熟每顿饭。

每当在做饭点火开始，我家厨窑里就是青烟弥漫。青烟把母亲呛得一把鼻涕一把泪时，就开始骂父亲。说让你找个人把锅台换了，你就是不听，你看这烟熏火燎地，你把饭当啥吃哩。锅台是父亲砌的，他不是匠人，没有掌握到砌锅台的要领。每当给灶膛里添柴烧火时，青烟不是从出烟口到烟囱里，而是都从进柴口涌出来。母亲的每一顿饭就是这样，我站在厨窑门口看不见她的身躯。每当蒸了馍要快火赶气时，只听见母亲拉风箱的节奏很快，但是迟迟不见锅盖上有封馍皮的气向外冒出来，锅盖上压着一块青砖，锅蒸的好不好，除了揉好面之外，全在蒸的那几十分钟的火候里。火跟不上，蒸出来的馍皮就发青且不光滑，凹点上遍布蒸馏水。这对茶饭水平较为出名的母亲来说，成了最大的短板。

农村把女人叫屋里人，男人叫外天。谁家卫生好不好，娃们穿的是否周正，家里茶饭质量咋样，这些都是女人的头等大事。常常有娃们出去，衣服抽抽扯扯地，村里人就说你看这谁谁家媳妇平时嘴硬的很，你看这针线。谁家娃吃的馍不是碱放多了，就是面条软的筷子都挑不起来，女人们的脸上就无光了。那时候村里学校无灶，教师们轮流着在村里每家每户吃饭，谁家女人的茶饭做的好，教师们最有发言权。茶饭不好的女人，给教师们把饭端上去，常常紧张地伸不出手，平时伶俐的口齿也变得笨拙起来，便说：好娃他老师哩，你看我这饭做的猪汤唧食的，你们就将就着吃下，别笑话了。老师笑笑不语，吃了回去走在路上，就说那谁谁家媳妇不会做饭，也不会说话啊。

家里不舍得烧煤，灶膛里一直是烧柴。冬春季节，母亲就在洋槐树林里拾柴，顺便把树上长的斜杈锯掉，然后背回来摞的整整齐齐。这就够灶膛里烧个一年半载了。我之所以想给母亲的大灶台上贴上瓷片，是因为时间久了，泥台面儿沾上水，再三抹而不净，且坑坑洼洼。虽然父亲过段时间，就会和泥，并在泥里放上铡碎的麦草渣，把灶台用泥好好地抹上一遍。柴火好烧，但是尘大，每次做完饭出来，拉风箱的人总是满头草木灰。母亲的衣服上，总有草木灰淡淡的清香味道。

后来，儿女们都在外，就剩下父母亲两个人的生活，我想给母亲换个锅台，她却有些不舍，锅台陪着母亲走过了半辈子。一囤囤的粮食就在家里的大灶台上煮熟，填饱了我们的胃，滋养着我们的身体。村里那时千灶饱炊烟，袅袅地在村庄上飘荡。家家户户粗茶淡饭的味道，都随着炊烟钻入人们的鼻腔。就是这个大灶台，见证从30年前家人只能吃起用苜蓿芽儿合着高粱面做成的菜团团，孩子们都等候不及，站在灶火里闻着从锅里散发出来的香气，到后来粮食满囤，一顿饭有干面汤面馒头，菜蔬新鲜凉拌荤炒样样俱全。这么多年，母亲在灶火里围着灶台，一手拉着风箱，一手用火棍在灶膛里搅动，燃烧的火苗映红了母亲的面庞，这种情景刻在我的心里，我现在在长安城喧嚣的夜里，常常止不住地忆起。莎士比亚的一句话是：“女人是显示、包藏及滋养整个世界的书籍。”这句话是世界上赞美女人们最好的佳句不过。

风车

到关中民俗艺术博物院去，民间天物，均有陈列。我看到了扇车。这种小时候使唤过的农具让我心潮起伏。夏天里，父亲在扬场的时候，就得等风。场边上的杨树叶子动了，风就来，父亲就多扬上几木锨，粮食堆子就慢慢地鼓了起来。没有风的时候，人们就看着不动的树叶子叹气，也有人喊着风王爷快来，风王爷快来，可是风就是不来。风不来，在麦秸里的麦粒儿就捂在里面。人们担心下了雨，湿上几天，天再不晴就长麦芽了。扬场的人不敢走远，担心有一丝风从身边溜走，就一直握着木锨，等待着风的到来。有时候风不顺，一会儿东风，一会儿西风。父亲就在麦秸堆子两旁左右扬，麦粒儿落在了中间，糠秕就在两边。虽然在收拾两边糠秕的时候，给人增添了麻烦，但是又多了几袋光溜溜的粮食，心里甭提有多高兴。夏季是虎口夺食的季节，场院上堆满了丰收的麦垛，那种属于麦子特有的馥郁，弥漫在村庄，场院边全是高高的麦垛，将麦场围得圆圆的。

村子里没风，有人在场院的中间烧香，求风神。听老年人说，传说中的风神是人面鸟身，其象在天，当以星宿，能兴风。等了几天，香也烧了不少，树叶还是静静地，毫无声响。场院堆着一堆堆麦秸，得找个风车了。风车，木制成厢，上有装置四方形漏斗，箱内装手摇可转动风扇叶，转其在侧风口生风。使用时将麦场上未扬尽的麦粒装进风车漏斗，以人力手摇风扇，借风力使麦粒和糠秕分开，将沙土杂质分离，澄出麦粒从出口漏出，然后装袋。摇风车是必须由三个人配合干的农活，一个人负责往风斗里倒壳和粒混在一起的麦秸，一个人负责摇动风车，还有一个人在风车的前面将吹出来的壳清扫到一边。在风车左侧的轴头上，装上一个类似拖拉机摇把的曲柄，一个人拿条板凳与扇车平行，脸朝后坐在曲柄前面，另一个人则面向风车站在侧面，一开始先用手把住曲柄款款地摇动起来，待车轴和风叶产生惯性转动起来后，便放开曲柄，两个人一递一把打动曲柄，给风车加力，使风叶保持高速运转，让风车产生连绵不断的强劲的风，才能使麦子扬得干净。我第一次见到风车，是在镇上的粮站。我拉着牛，父亲驾着车辕，拉着满满一架子车粮食，到了粮站，排队的架子车一个挨着一个，等着检验的人来。半天后，轮到了我们。满脸胡子的胖子说我家的麦子不净，要过风车。粮食是母亲用筛子一点点筛过的，父亲再三说好话，也未能成行。父亲扛着袋子，一袋袋地在风车上过。粮站的风车是电动的，连续转动的轮型风扇转起来，较轻的籽粒和麦壳都被吹出机外。我不知道是不是那时候每天吃不饱，所以对和粮食有关的物事总是深刻在脑海里，这么多年都不曾忘记。

过了这么多年，村里已经不见了风车。这西汉就开始使用了的农具，一直用了几千年。只是风车还在我的记忆中，它转动起来的声音一直还在我耳边回响。也是风车，见证了这村庄麦场上年复一年的收成，也成了多少人记忆中的表情。

秸杈车

有一种“算黄算割”的鸟儿，在进入农历五月的时候，就每天站在枝头“算黄算割”“算黄算割”地叫着，提前预报着夏收的到来。麦子割回来，围着场院摊开来，火辣的太阳晒上半天，然后牛拉着碌碡一圈一圈地在麦秸上碾着。夏季的天，娃娃脸。东边的天上升起乌云，有风吹来，鸟儿低飞，看来是要下雨了。麦秸已经碾的光滑，麦粒和麦壳厚厚地铺在下面，得用秸杈车了。村里只有宏儒爷家有秸杈车，还是祖上留下来的。

秸杈车，由两木轮，八齿及手把组成。两米多长的杈齿已经磨的很是尖滑，家人已经用木杈将已经脱粒的麦秸杈开，搭成了一个个小垛。秸杈车来，我们推着秸杈车在场院里跑，麦秸就堆在一起了。比我们用木杈一点点地挑着麦秸摞在一起，能节省多半个小时。最原始的麦秸车是用桑树木制成，把桑树顶打掉后，可以在同一地方长出三个或四个杈，一个直，两个向两边分开，长到一定粗细，主干用手握正好时，从根砍掉，然后修整三个杈，加热，弯曲，变成杈，去皮，晾干，就可以用来挑麦秸了。后来，麦秸车又多了几个杈，效率就高了不少。在场院里，麦秸越多，说明越是个好年景。村里人路过，顺便在场院抓了一把含有麦粒的麦壳，左右来回倒着用嘴吹了吹，肥大的麦粒儿又重重地躺在了手心里。说你家今年收成好哩，你看这麦粒鼓涨成啥了。用秸杈车搭起来的麦秸在场边上堆着，就像刚从锅里蒸出来还热气腾腾地白面蒸馍。大，又圆，能闻到麦香的味道。

万里无云的蓝天，伏天的阳光射下来，远目望去，那平坦的河川或盘山的山地上的麦子，都被收割的干干净净，全村都陷入了暗黄的色调，甚至给馋嘴惯了的黄鼠，没留下一丝饱餐新麦面的念想。麦子在这片田野里，收割的时间早晚不一，有的比较早，留下的麦秸茬黄中带绿，麦子归仓，麦地里的麦苹苹和刺藉这些和麦子长了多半年的植物，在阳光的眷顾下生长了起来。有的麦子刚刚收割过，留下的麦茬在阳光的曝晒下，显示出一色的黄白和光亮，好像还在诉说着锋利的镰刀，一阵忙碌之后留下这抹不去的伤痛。

俗话说，城门楼子麦秸垛，弄下多大是多大。拉秸杈车的小伙子，光着膀子，皮肤晒得黑黝，来往如飞，把一杈杈麦秸运到了正在搭上去的麦秸垛跟前，几个小伙子同时把杈把压低，发一声喊，呼地就上了积垛。麦秸垛起来了，麦秸压的厚厚实实。等到冬天里，给圈里的牛做干草，给栏里的猪粉饲料。秸杈车这一季的使命就完成了，静静地躺在农具窑里，等待着来年夏收季节的酣畅淋漓，它还准备大干一场呢。

木犁

小时候，母亲常常教育我，说不好好学习，我看你长大还戳牛屁股去呀。母亲在说这句话的时候，脸上写着明显的恨铁不成钢。戳牛屁股，是我故乡的俗话，意思就是你长大了就拿着鞭子，赶着牛，和父辈一样整天干农活。父母一辈子被农活干怯了，他们不想让自己的娃还穿旧鞋，走老路，学了自己。

木犁在农具里面，有很大的功劳。无论是川地、山地，还是十二栓那三亩大硷，或是杜梨树帽子那只有一糖宽的旱山地，人都是要去的，牛是要去的，木犁也是要去的。人去的时候拉着牛，扛着犁，背着牛椇。不出半晌时间，地就犁的酥酥软软。每当犁地的时节，满山遍滩都是扛着犁的男人，拉着牛的女人，背着牛椇的小孩。犁地时用鞭子抽打和吆喝牛的声音响彻村庄。往往是人吆喝牛时候，村子里的狗也跟着吠起来，家里剩下的牛犊子也跟着叫起来，村庄就热闹成一大片。

犁是用木料和铁制作而成，部件由犁身，犁辕、犁沿子、生铁铧和逼斗等部件构成。犁铧为生铁浇铸，铧尖二寸，尖后为空腹铧腹，套戴于犁头。逼斗前有短方柄，面光稍下凸。两头牛在拉犁时候，调教好的牛在右，蹄踩犁沟，左牛蹄踩平地。父亲在犁后左侧用右手紧握犁拐把，左手执鞭，赶牛前行。俗语：“草要挖根，地要耕深。”每当在杂草长的茂盛的生地里，父亲就给犁颈上多垫个小木楔子，这样就能地翻深，草除尽，庄稼才能长得美了。逼斗使耕动的土层朝天翻转，把杂草压埋入土内沤成肥，把底土朝太阳暴晒提温，翻出来黑黝黝的土被太阳晒得火热，地里温度适宜，不过几天，种下去的麦子就嫩绿地顶破土，露出了惺忪的麦芽儿。

牛在前面拉犁，人在后面扶着犁把，人牛犁田的劳作模式，从木犁出现的那个遥远的春秋时代开始，已经走到了今天。这几年，拖拉机去不了的山地里，还是得用牛。往往是拖拉机在村庄的滩地里突突地冒着黑烟，两牛拉着犁在山地里一圈圈地转着，挨着鞭子。犁过的酥软的地里，埋上了种子。山上种的是耐旱的高粱，滩里种的是喜水的玉米，滩地和山地里的庄稼，都会长得绿油油的，长势喜人，这都归功于犁的功劳。

乡村的模样

经常在外面走，走的城市多了，顿时就感觉到了城市的粗粝，每个城市的建筑和布局，总让我感觉到自己身处何方。起身望着窗外，看着川流不息的人群，钢筋水泥总是把人的心隔离得很远，顿时不由得想起了故乡村子里那多少年来都没有变的模样。一座山，一棵树，放羊娃一腔《下河东》，所发出的英雄豪迈之气，现在总视为天籁之声，是一切发生艺术之中的登峰造极。故乡真实的模样总是用陈酒浸透得酽酽醲醲，常以其醇香的真实在我的心肺里。

城市之所以是城市，就是因为它在社会的进程中，千方百计地摆脱了乡村的形体，别具一格的民居、古庙、村庄。或者乡村们随意挥洒的眼神，还有村子里每个角落弥漫的土气，都成了思想深处沉淀的积忆。而从之而来的是霓虹灯，车水马龙的大道，一幢幢的楼房，永远都没有乡村的夜晚那么宁静。

人总是有欲望的，在乡村中，永远都会想象城市的美好。可是脚下的那生他养他的土地，他在大脑里并没有思维。梦想要实现，就是有份再苦再累的活儿，总是感到新鲜，充满活力。男的走了，女的走了，只有老的幼的在遥遥无期地守望着。村子里空空的，唯一能听见的是鸡鸣犬吠，来填充着这单调的生活。

乡村的气味是醇厚的，他没有城市的工业废气，而是泥土的土腥味和牛羊的屎尿味，它没有城市汽车排放的尾气，而是玉米、高粱秸秆燃烧的气味，村庄的气味会随着炕洞里冒出的浓烟袅袅而升，升上去，与天空中的大气混合，又扑下来，和大地的气味亲吻、结合。

乡里人进了城，打工的都叫民工，乡里人在家都叫农民，乡里人的土气是印记，乡里人会背者玉米棒子包谷粒儿去城市里走亲戚，而城里人送礼拿多了心疼拿少了不光荣，永远记不住乡下亲戚的名和姓。乡里人会对人说我有亲戚在某局里当官儿，城里人不会对人说我的亲戚是乡下的农民。乡里人，城里人，城里人的根在乡下而乡下人的娃们都属于城里人。因为风水流转，日月更替，乡里人的青春梦想憧憬苦难都在乡下烙下了难忘的印痕。

出门在外多年了，乡村的模样像母亲额头的皱纹一样，永远令我牵挂和心痛。

第二辑　大地行走

玉米地

雨哗哗地下的时候，村里的男人都出来了，扛着铁锨，头上顶着蛇皮袋子做的雨衣，向玉米地里去。从沟沟渠渠流下来的雨水，像一条条快速前行的蛇，在路上冲下了自己的路。到了地里，男人们就用铁锨给雨水修渠，把雨水都引到自家的玉米地里去，让如饥似渴的玉米咕咚咕咚地喝着这上天赐给的雨露。

天几个月没有下一点儿雨，急的庄稼人都团团转。有人在镇上买了铁皮桶子，去河里一点点地拉水，有人买了厚塑料袋子，把架子车放在高处，用桶一下下地提水把塑料袋子里灌满，然后扎紧了袋子口。水到了地里，女人们把水再舀出来，用马勺一下下地浇灌在玉米根上。一株株的玉米就像一个个嗷嗷待哺的孩子，等待着女人手中的马勺能快快地到自己跟前来。马勺里的水端的很平，这株玉米不多，那株玉米不少，女人看着玉米一点点地把水喝了下去，没有浪费在薄膜上，没有滴在身旁的草叶子上。女人甚至听着喝完了水的玉米，骨节开始铮铮作响，转眼间就开始拔开骨节。就这样，庄稼人把玉米伺候得直到下起了雨。

男人身上已经全部湿透，沾满泥巴的衣衫粘在了身上，四面八方的雨水都顺着凿出来的渠钻进了玉米地里，顺着地一垄垄欢快地奔跑。男人们站在地边，乐呵呵地笑。耷拉下来的玉米叶子慢慢地勃起，绿色的血管脉络里有水在滋养。久违的透雨下了一天一夜，第二天当我站在玉米地里的时候，一株株的玉米绿油油、水灵灵地在地里站着。一阵风吹过，叶子簌簌地向人们开始了挥手致意。玉米们感谢着上天对自己的润泽，感谢着主人给自己带来的无限畅饮。

为了给玉米追肥，母亲和父亲吵了起来，在玉米地里，吵的不可开交。母亲嫌父亲放的尿素太少，他们两人端着一样大的盆子，盛着同样多的尿素，猫着腰在地垄里一把把地把尿素放在玉米脚下。一垄完了，父亲的盆子里还剩下不少，而母亲的却差点不够用。他们就开始吵了起来，母亲嫌父亲太节省，亏待庄稼，父亲嫌母亲太浪费，放多了会烧坏玉米的根须。两个人都有理，且相互不退不让。你不让她干，她不让你干，玉米在一旁静静地听着，玉米也没法说出男女主人谁对谁错，谁多谁少，谁是谁非。我不敢说什么，在种庄稼上，母亲在施肥上一直心重，只要家里有化肥，遇上了下雨天，她总会端上一盆子去地里，给黄瓜、葫芦蔓下放一点，给辣椒苗、西红柿苗下放一点，她就担心那些庄稼没有追肥，缺少了营养，长的又黄又瘦。

玉米棒子开始疯长起来，紫色的缨子在棒子头上迎风吹拂。我总是跑到地里，用手一拃拃地量着，看看棒子长大了没有，甚至垂涎三尺地想着吃嫩玉米棒子的情景。刚出锅的棒子热的烫手，但是忍不住的我们，往往是拿了一个，烫的左右换手，等着凉一些了快快地满足味蕾的需求。棒子快成熟的时候，玉米地里就热闹了起来。有黄鼠来，爬在玉米棒子上吃饱了肚子，然后还给冬天里储粮；有灰雀来，站在玉米棒子上，左右瞅瞅，尖尖地嘴抖抖地吞食着玉米粒儿；有路过的人来，看着棒子大得喜人，前后看看没人，便咔嚓咔嚓地掰上几个，把上衣脱了裹在里面，揣在怀里快速离去。更有獾子常常在夜里出没，越来越多的玉米被它用笨拙的身子压倒，将要成熟的玉米上面都留下了啃食的痕迹。

我常常跑到玉米地里去，一边喊叫着，一边在地边抓上一把土，扬到玉米地里去，土落到玉米叶子上沙沙作响。在玉米地里糟蹋粮食的鸟儿和鼠类，见有了动静，便四处逃窜。半夜里看玉米的人就蹲在玉米地里，不点烟，不做声，把自己隐蔽起来，让来糟蹋玉米的动物都看不见，让打算进地掰玉米的外人也看不见。看玉米的人，蹲在垄上，靠着一株玉米，身子踏实了起来。玉米喜欢被主人这样靠着，能歇歇腿，他们为了自己，忙碌了多半年，就是为了让玉米棒子能长的足够大，玉米粒儿能长的足够多。而现在还得守着它们，不被他人糟蹋，辛辛苦苦地伺候到现在了，被人糟蹋了就要少收一些，地也就给主人白出力了，粮食囤里就不会那么满。有人偷玉米的时候，玉米也不愿意跟着去，就紧紧地抱着玉米秆儿，或者在离开玉米秆儿的时候，发出几声离哭的清脆。有夜晚的露水从玉米叶子上滑了下来，那是玉米告别主人和脚下这一季土地的热泪。它们很不情愿地被不劳而获的人带走，在锅里蒸熟，玉米粒儿被大口大口地吃了去，玉米皮儿被老黄牛一口口地吃了去，玉米芯儿被扔到了门外的柴草堆里，一日日地晒干后进入灶膛里烧了去，化作青烟。

收完了玉米，父亲病倒。玉米地还得在秋天里种上麦子。掰完玉米的玉米秆儿站在地里，由青变黄，在风中站着。我得把玉米秆儿挖了去，让地赶快歇下来。地有时候比人还累，不停地生长着玉米、豆子、小麦，给主人不断地供给着。我带了几个馍，扛着镢头去了地里，一排排的玉米秆儿站在那里，等着我的到来。等着我连根挖起，结束它们这一生的劳作。玉米秆儿的根须粗粗地，深深地把土地抓紧、抓牢。就是这些根须，喝掉了从四面八方来的雨水，从河里拉来的清水，玉米棒子才成长了那么大。我一下下把玉米根挖出来，一捆捆地把玉米秆儿抱到地边，摞了起来。玉米秆儿虽然离开了土地，但是它们还在地头上守着，守着这片曾经长成了自己的土地，它们紧紧地抱在一起，温暖着大地。

守村人

村子里的人一天比一天地少，他们都去了城里。即使在城里捡破烂，一天也能卖上个一二十块钱。留下来的大多都是上了年纪的人，他们上炕吃，下炕睡。太阳出来，就坐在阳坡旮旯晒暖暖，太阳过去了，就在门前抱一捆柴回去，把炕烧的烫烫的，然后躺上去，这也是一种舒服。这些老人，只能这样过，他们去不了城里，去了没有他们干的活，没有人会接纳他们，看着他们步履艰难地挪动着自己的身体，况且别说干活挣钱了。他们也不愿意去城里，他们对村庄是有感情的，对热炕是有感情的，对土窑是有感情的，离开了村庄就会失去方向，他们可是在这个地方生活了六七十年的啊。离开了热炕就会无法入睡，他们躺在土炕上才感到实在，睡得踏实；离开了土窑住在别人的房子里，觉得房子是那么地薄，薄的像一张纸，晚上关灯了还能从屋顶的排瓦缝隙里看到外面的光。住在土窑里，就是住在土地里面，窑就是土，土就是窑，人把身体放在土里，受着土地的氤氲和润泽。

前些年，在外打工的年轻人，到了年关都带着大包小包地回来。年是团圆的符号，再穷的人家，过年了也要到集市上去称几斤肉，买些菜蔬，把放了多半年的白细面都蒸了圆馍馍。人想吃了，就拿起一个凉馍，酥酥地在嘴里劲道地嚼着，有味。在城里吃不出的味道，在家里都吃出来了。所以就有在外打工的人，过上几个月回家来，磨了面粉带到城里去，用自行车驮着，顺着高安公路一路向西，渐渐地就看不见了踪影。高明和秀梅是最早到城里扫街的人。他们在村里坐了半辈子，地也不好好地种，这些年下来也没攒下粮食。他们到了城里，每天早上天还麻麻亮的时候，就起来一扫帚一扫帚地把城里的水泥路扫得干干净净。高明确实是打扫卫生的一把好手，在家时把自己的院子就扫的没有一丝细土。有人说，你看人家把院扫得能擀面哩。这份清洁工的工作，让他发挥到了自己的长处。高明年轻时，曾经招工进城在玻璃厂工作，但时间不长就回了家。听说就是爱干净的缘故。有人把刚从车间里出来的工作服顺手放在了他的架子床上，他就不高兴了起来，和工友打架。那时候在单位打架是大事，就被开除回了家，继续做自己的农民。

做农民就得塌下身子，整天在土地里刨。我小时候在刚割过的麦地里拾麦穗，十二栓那个两亩的川地窄而长，我就一圈圈在绕着地走，见了被割落的麦穗，拾起来用麦秸秆儿绑到一起。拾着拾着就失去了耐心，草草地走完了地，但麦穗没有拾干净。土地没有亏人，在多半年里经历了冬寒，经历了春旱，在风里雨里用了小孩吃奶的力气，汲取了自己脚下的所有能够吸收上来的养分，才长了一株株麦子。我们把大捆大捆的麦穗都带回了家，碾了晒了一粒不丢地装进了粮囤，却把割落的麦穗遗落在地里，不把它们拾起来带回去，让它们也把长成的自己安放在粮囤里，等待着主人把自己舀了去，磨了面粉，蒸了馒头，擀了面条，吃进了胃，这样麦子才觉得是自己完成了这一生的使命，才能对得起为自己提供了孕生的土地。我把遗落在地里的麦穗还没捡起来，麦穗就孤零零躺在那里，看着我，看着我这个不爱惜粮食的人，糟蹋了自己。它们只能与腐朽的麦茬子挤在一起，把自己藏在麦茬子下，贴在还没散去热量的土地上，在夜晚里孤单看着星星，陪着月光，吮吸着雨露。只要自己不被夜里出来觅食的黄鼠叼走，不被灰雀一粒粒地剥开吞下，不被堂学放牧的羊群过来，连粒带壳地囫囵吞枣地咽下去，麦穗就一直在地里等着我们去，找回自己。

小霞也去了城里，小儿子考上了重点高中，她不放心，就去城里也找了个清洁工的活计，顺便给娃做两顿饭。小霞不识字，从小放羊长大，她到了城里摸不着东西南北，就不乱跑，别人帮忙给租了房子，就天天围着自己的房子周围转，只要能看见大门，她就尽力走远些，便于把周围的环境都记下来，她虽然不知道这条路叫什么名字，但是她把这条路上的参照物都一一记在心里，这样才不会找不到租的房子的门。清洁工的工资一月是八百块，她每天早早地起来，带着很大的气力，把自己负责的区域一遍遍地扫干净。扫街相比在村庄里，还是轻松的多。在家每天得给牛割草、喂牛，把牛圈里的粪一车车地拉出来，倒在地里。男人都去了西安打工，这些本该属于男人的活儿女人都默默地承担了下来。一年养一头牛，最好的行市才能卖上不到两千块，但是人出尽了牛的力气。在城里扫街，每月八百块，一年下来就是九千六百块，再加上拾些别人扔掉的矿泉水瓶子，弃掉的烂纸箱子，一年也收入个万把块钱哩。即使把这身高只有一米五的碎婆娘累的脱皮，也在村庄里刨不下这么多钱啊，穷人的生活啊，处处都是需要补丁的大窟窿。人活在这个世界上，为了自己，为了孩子，就这样你为了我我为了你，千丝万缕地用日子连结在一起，以个人的活法向前推着岁月的轴轮。

我在村里遇见了亚琴，她还是那样疯疯癫癫地骂人。说武爱你大把人亏了，你把我大害死了。XX你个婊子，你和谁谁谁都干啥哩。武爱是亚琴的母亲，好吃懒做作风不正好多年，亚琴大姑娘家爱面子，听不下去那些碎言乱语，二十岁那年从自家几丈高的崖坝上跳了下来，救下来个活命，精神却失常了。亚琴他大也在离家不远的核桃树上上了吊，一家人就这么散了。亚琴整天漫无目的地顺着红岩河的河川里四处游荡，饿了讨饭吃，困了就睡在路边的烂窑，这么一天天地过了将近二十年。有人给了她饭吃，她吃着骂着，她骂着自家丢脸的那几个人，她的记忆一直在以前的世界里，那些伤风败俗的日子这么多年都没有从心底抹去，这也是她内心世界里最深刻的痛楚。她的身体已经瘦得像麻秆儿，一阵风能刮走，头发蓬乱，衣物上沾满了麦草。有人说，亚琴这几年还能穿住衣服，那时总是把身上的衣服扯得净光，光溜溜地走在路上。有人拿了衣服过去给她捂在身上，不是被撕烂就是用火烧了。亚琴家两代人在镇上开代销站，家底殷实，她当年也是街上门店里账算最好的一个，而如今，那个家就这么散了，散的是那么彻底。只留下山根底那两孔窑洞，黑漆漆地站立在村里，亚琴有时候回去在里面避风躲雨，她成了窑洞的唯一主人。

自行车的记忆

在我的记忆里，是吃过自行车的大亏了。

小时每当到过年那几天，村里的大场里简直就成了学骑自行车人的天堂。男男女女都把自家消停了一冬的自行车推出来，在大场里让别人扶着，一圈圈地练习。有大姑娘刚学会，歪歪扭扭地骑着在场里转圈圈，圈圈越转越小，最后连自己都转晕了过去。自己不知道是怎么从自行车上摔下来，花裤子挂在了车座下的弹簧上，吱吱地扯了个大口子，面红耳赤头也不抬地跑回了家。自行车还在大场上倒着，后轮子一直空转着三百六十度的圈圈。旁边的人扶起了自行车，双手握着车头，把自行车前轮夹在自己裆里，把已经摔得扭过去的车头掰过来。其他姑娘家也爱面子，见有人摔破了裤子在众人面前丢了丑，便扭扭捏捏地不敢再上，几个人就过去扶着，才战战兢兢地蹬起了车轮子。

我七八岁时从自行车上摔了下来，差点把命根子伤了去。那时我的身高还够不着二八自行车的大梁，就每天缠着三哥骑着车子带着我在村里的路上兜风。有次走在路上，自行车的速度快，恰恰遇上了大坑，我的手没有扶好，便一个趔趄从车座上掉了下去，车座刮破了绒裤子，刮破了裆部的肌肉，躺在地上疼得哭叫，血染红了裤子。母亲把我背到了村里赤脚医生栓稳家去。我差几寸就伤到了命根子，在炕上了趴了三个多月，从初夏到忙罢。除了忙夏收，母亲还得背着我来来去去地去换药。即使这样，也没挡住我后来对自行车的念想。

村里十天半月地不来一个小车，有人骑自行车过去都是稀奇。每当正在玩时，听着有小汽车远远地从坡里下来，车后面带起了四处飞扬的细土。我们一群孩子就在后面追着，在汤土里兴高采烈地追着，用了小时吃奶的劲儿。无论是去村里的谁家，车只能停在河滩地下的大场里，那里是村里唯一能停车的地方。要去二队，隔了一条河渠，要去四队，路也是两步宽。车停在了场里，小孩子都围上去看个究竟。有次有人从后开门的车里下来，啤酒喝的很是大醉，啤酒瓶子从车里滚落下来，啤酒一点点地被干燥的场土喝了去，咕咚咕咚地冒着丰富的泡沫。那次是我第一次见啤酒，也是第一次知道啤酒能喝醉人。村庄大场的土地，也是第一次喝上了从城里带来的洋货。大场有雨的滋润，有碌碡的滚压，瓷实的场面上，让浮起的细土享了福，品尝了啤酒的滋味。而我往往是在学着骑自行车的时候，一个跟斗栽下来，大口大口地舔尽了场上的细土，有次差点还把大门牙磕落在地。

有人经常性去山上的人家里，恰恰我家就成了人们存放自行车的好地方。有人在存放时，就顺手把自行车锁了，我们小孩就看着眼馋，恨不得他的锁子一下子能去掉。有人在存放时，随便靠着墙放下，锁是锁了，但是钥匙还在上面插着，我们就站在一边高兴得手舞足蹈。看着存放自行车的人一步步地从纪家山走上去，直到看不见了踪影后，就把没有上锁的自行车推出来，在院子里骑着转，绕着院子里的核桃树转，甚至还把几个洗脸盆子摆放在院里，骑着自行车绕弯弯，用来练习车技。只是那时候盆子糟了秧，弯拐的太急，自行车和我都重重地跌倒在塑料盆子上。我那时认为盆子很是结实，在镇上买时卖家拿着在电线杆上使劲地碰也没见能磕破，但还是被我和自行车压得一声脆响。有时候在院子里骑了半天，压下了一道道轮痕，又担心存车的人突然来，就用扫帚一遍遍地把院子扫得干干净净，不留任何痕迹。

自行车骑的次数多了，胆子也就大了起来。我见大人们稍不注意，就偷偷地把自行车扛到肩上走出稍门外，然后推到大路上，然后骑着向河滩底下的大场里去。当我满面春风地骑着车子从其他人的身边过去时，我顿时觉得自己飞了起来，又有了一次尽兴骑车的机会，这种机会比同时和我学自行车的人又多了一次，且我还是从半山腰的路上，一直骑到了大场里。我觉得自己的车子就是小车，因为我的车轮压在小车走过的车辙里，只是我为了呼吸到更多的空气，晒到更多的阳光，听到更多的鸟语，赢到更多的目光，把小车的车顶篷揭开了而已。小车要喝汽油，我这辆从山顶上下来的自行车由于惯性的缘故，都不用我的双脚去蹬，就顺着大路下来。也有次刚骑得起劲，只听见母亲站在稍门外喊，声音响彻了整个村子。我知道那是存放自行车的人来了，来了后不见了车子，母亲才知道我偷偷地骑了出去。母亲给别人不停地说好话，说这孩子不听话，村里的孩子没见过世面，不懂得礼貌。我知道母亲差点就说这孩子是个傻瓜，平时不务正业，就爱骑自行车了。看着主人左左右右地检查完自己的车子，才右腿一跨骑着车子远去，看着母亲的脸色，我就知道不会有什么好果子吃。赶快献殷勤地背了篓去拾粪，或是拿着镰刀给兔子挑草，出去站在茫茫的村庄看着那人骑着车子从羊圈旮旯的地方远去，直到消失在视线里。

我提着篓，看着兔子平时喜欢吃的草，就长在地里很显眼的地方。这些如果是平时，我就会早早地冲上去，连根带颈地割下来，回去放在兔子窝里，看着兔子的扁扁嘴一点点地咀嚼完。可是我还是想着自行车，想着还没骑够的自行车，被别人骑着要去县城里，这之间这三十里路上是多么地惬意，我什么时候才能骑上车子，走到镇上，走上县城里去。直到天快黑了下来，我篓里的草还是没有铺满篓底，这给母亲没法交代，给嗷嗷待食的兔子没法交代，就跑进了别人家的苜蓿地，用镰刀横竖不分地割上一篓，撅起屁股扛着回去将功赎罪。但是心里想的还是有人来，能把自行车存放上个十天八天，我就有大事要干了，我想的是那么地天真和美好啊。

麦子都到哪里去了

我握着镰走在村里，没有人理我，大家都忙着收割长成了的麦子。他们都知道我不是个庄稼汉，也不是个割麦子的好把式。已经割过的麦茬地上，冒着热腾腾的地气，还没有割的麦子，夏风掀着麦浪一阵阵地翻滚。

我的草帽很白，白的和村庄的土地格格不入。其他人大多都是戴着麦秆儿帽子，麦秆儿帽子沿儿大，是用麦秆儿一支支地织在一起，这是纯粹的手工工艺，机器是学不来的。我的帽子是在镇上买的，我臭美，还买了 2 尺红丝带，给草帽挽了个脖绳。我要骑自行车回去，这二十多里路上，要经过十多里的下坡路。路上有风，尤其是我骑着车子下坡，帽子容易被风从头顶上刮跑，飘到了空中。如果帽子落到路上的话，我最多是吹吹上面的土，继续戴上。但大多时候帽子会吹到沟里，顺着沟渠一直漂下去，人捡都捡不上来。村里的西西曾经开着拖拉机在坡里，去麦地里的时候，帽子就被吹到沟里去了，沟太深，崖太陡，人总不能为了取回被风吹落的一顶帽子下到沟里去，而不顾安危。这就有些得不偿失了。村里有人为了摘上一颗大酸枣而滚下山洼，有人为了挖在沟畔里的一棵长了很多年的柴胡根，滑下了山沟摔断了腿而卧床不起。

我看着麦子一垄垄地倒下，然后再一捆捆地拦腰拥簇着在一起。他们在一起悄悄地说着话，我仔细地听着，听不懂半句话语。但是我一直听着，正在我听得起劲时候，羊圈门前的坡上，振民家的麦车子翻了，麦捆子从架子车上滑了下来，掉了一地。振民家的牛有些瘦，没有力气，加之那段路高低不平且坡陡，拉车的牛拉不上去，人就用鞭子抽打着牛，牛忽地向前迈出一步，麦车子就翻了，人扶都扶不住，架子车还差点把驾辕的人也从坡底下带下去，吓得振民他哥出了一身冷汗。人把牛的套绳卸掉，又把架子车上的麦捆子一捆捆地抱下来，放到一边，把架子车掀起来拉到坡上面的平地上，再次装车。已经成熟的麦捆子上，肥硕的麦粒儿挣脱了呵护了它一生的麦壳子宫，光溜溜地躺在路边的荒草上，躺在洼里的酥土地里。振民他妈是个细活人，拿了簸箕来，把架子车翻车留下的摊场收拾了一遍，装在了蛇皮袋子里，背着回去。她回去先把麦粒里的土块拣了出去，再用簸箕把细土一点点地颠了出去，簸箕里就剩下了充满了清香味的麦粒儿。这些小家伙早早地从麦壳里跑了出来，来到了这个世界，它们在回家的路上受到了瞬时的磕绊和惊吓，目光里还带着一丝丝的惊恐和不安。它们想到麦场里去，一起长成的麦捆子兄弟姐妹都在大场里，静静地偎依在一起。它们等待着在三伏天里艳阳高照的日子，齐齐地被主人撒在场面上，受着太阳的炙烤脆干后，经受拖拉机三番五次地碾压，走完从粗粗的麦捆子到细细的麦粒儿的涅槃过程。

录录是个急性子，他的镰刀下出快活。山地里的麦子比川地里成熟的能早一些。当川地里的麦子还绿油油时，山地里的麦秸秆的叶子已开始泛黄。等他黑明昼夜地割完了山上的梁梁硷硷地，川地里的麦子也就耐不住了夏日的焦躁，麦秆儿一天天变得灿黄起来，站在山上，看着满河川一条条大硷里大自然涂染成的图画，心顿时就安静下来，落到低处。

当我们从山坡上到河滩里一镰镰地收获庄稼时，满地的麦子就沸腾起来，在地里欢实地跳跃，土地和雨水恩润了它们，期待了多半年的庄稼人也就早早地买了利刃，在油石上反复打磨得亮光闪闪。一种叫“算黄算割”的鸟儿站在树杈上，飞到麦场边，一直泣血地叫着。

麦收季节，每天早晨醒来，看到满场的麦捆子高高地摞成了几个大垛，人和阳光已忙在还没割完的麦地里，忙在已经堆满粮食的场院里，这就是人所要的幸福，这也是麦子生命的归宿。我昨晚就睡在麦垛上，有麦子陪伴着我，我也照看着那些已经晒好的粮食袋子，还有那么没有碾完的麦捆子。我睡在麦垛上，麦垛在大地上，有天空做被，有大地做床，有夜晚的星星陪伴，这样的夜为数不多，我把村庄深夜的大美都揽入了怀抱里。

在夜晚的深处醒着

史家河，把自己给了这寂静下来的夜。我站在这月光洒下的时空里，感受着左手边的纪家山、白草山，右手边的老坟底、杜梨树帽，面前的洞子沟，鸡嘴山、大凉山的气息，我突然就变成了一个还没有长成的孩子，躺在史家河的子宫里，已经睁开了双眼。夜静得只有风的呼吸，萤火虫一群群地顺着硷根底走，他们迈开了步子，身上的明灯一闪一闪地前行着，好像要去参加一个属于黑夜的晚会。我盯着它们看，看的它们有些恐惧和胆怯，不知道是继续向前走还是后退，不知道再跑上一步，换来的是不是生命的伤痛。它们在草木繁盛的角落里，在潮湿温暖的世界里，相互追逐和赶超着，夜晚是这些小精灵们的世界。它们在这个夜里跑着跑着，有些累，口渴了，就相互照应着停下来，吸食几口草叶上的夜露。我蹲在那里，一直看着它们要去哪里，哪里才是它们夜行的终点。这些小家伙们，遇上了大的土块，对它们来说，就是一座高山，头部上面一对触角和两个水汪汪的复眼，探究着自己的路途。

白天绿莹莹的山，被万木装扮得葱葱郁郁，那是多么好的光景啊。

而到了深夜，每座山看上去都是一尊沉默了的石像。高高低低，大大小小，或宽厚，或单薄，山无语，月独明，偶尔有沉睡了的鸟儿，在丛林里没有站稳脚跟，忽地一个跟头，就扇动着翅膀，把自己拍打到醒。鸟儿睡着了，也有潜在的危险。有蛇晚上出洞，顺着树枝杆儿哧溜哧溜的爬着，盯上了站在最边上的鸟。鸟不知道，它们享受着这夜的宁静时，蛇就一直在树叶底下，瞪大了眼睛，伸出火芯子。鸟儿还在闭着双眼打盹的时候，已经进了蛇的身体。这是个多么平常的夜，这是个多么让人无法察觉的夜，蛇鼓着肚子在翻滚地吞食着美味，其他鸟儿已惊觉，从这个树枝上跳起，落在了高处。这是多么可怕的夜啊，在史家河的夜里，静得只能听见一直流淌的河水，自东向西，平缓缓地流下来，流到那个叫响塘的地方，从石板缝里一泻而下，似银如玉，形成瀑布，发出淌淌的声音，这是史家河的夜，唯一能让人听到的声音。

据有关史志载：响塘者，位于红岩河史家河村段，距县城19公里。相传唐尉迟敬德在此引水鞭捶而出。传说唐朝开国元勋敬德，一心想把史家河的水引上北极塬，为百姓造点福，就没黑没明地操劳。有一天，敬德忙着饮水，连吃饭都忘了，他嫂子在家里等了大半天，还不见其归来，就思量着快快把饭送去，收拾好饭菜，提着竹篮子往河边跑，离河边不远处瞅了瞅，‘敬德正在河岸边忙着改水，她一直走到敬德眼皮底下，敬德也没有看见。嫂子忙喊了一声：“吃饭！”敬德才发现是嫂子送饭来了，急忙问：“水翻上塬了没？”嫂子答：“自古以来，水都从高处向低处流……”话还没落点儿，河水就哗地一声，从四面八方退了下来，想挡根本就挡不住。猛然间，敬德的脸变得黑青，他气急了，操起虎眼竹节鞭，狠狠往地上一摔，天崩地裂一声响，河中间闪出了一个大石塘，约有六七尺宽，几丈深，河里的水都涌入了石塘，隆隆作响，故名响塘。冬季河水结冰，形成冰瀑，甚为壮观。就是这淌淌的声音，给史家河孤独的夜里，注入了美妙的音符，让世世代代生活在这片贫瘠的土地上的人们，有了天生的自然灵动。淌淌的声音，似一锤定音，又似连绵不断地呐喊。

前些天，听来一个真实的故事。有个大连的女孩千里辗转，来史家河找自己的心上人。没有找见，便在响塘边坐了半夜。他们都在北京的一家餐厅打工，男孩做厨师，女孩端盘子洗碗，日久生情，男孩子就给女孩讲响塘在夜里的声音是多么的美。后来女孩家人逼迫他们分开，男孩悲而离去，算作分手。但女孩不死心，她只知道彬县有个村庄里有响塘，一路打听来，坐在响塘边听了大半夜水的声音，心里却坦坦荡荡地离开。那时候，“有女不嫁史家河，挑水来回整半天；去时穿着新花鞋，回来磨出大窟窿”。这个顺口溜流传了多少年啊，就是说村里自然环境差，山和山连绵不断，路与路不通外面的世界。万物宁静下来的夜里，只有响塘一直淌淌地流水，从高处落下，一直远流而去，汇入泾河。那个女孩是个悟性极高的女子，寻心上人而不见，失意之时却一遍遍地听到了响塘的声音，是响塘的水，给了这位女孩人生远流的勇气。

在静静的夜，我经常来回地走。沿着山路，沿着河岸，身边长成的山，就将成为我多年之后的坟墓。祖宗们都去了，他们活在这个村庄几十年，一辈子没有走出过山沟，一辈子都在山间和水岸劳动，等自己老去，后人们就把他们安放在这一座座山里。山鼓起了大大的土堆，白天我已看不见那些逝去的祖宗们出现在村里。我有时候做梦，梦见了已经逝去多年的老人，他们在半夜里从山里面走了出来，走在了他们已经走了多少年还依然轻车熟路的羊肠小道上，他们在夜里看着我，看着我们这些孩子们稳稳当当地走在村庄，或是玩耍，或是放牛，或者割草。他们在这个村庄里生活了一辈子，知道哪里有长成的丰茂的好草。我现在才明白，为什么放羊的人出去，总是在夜幕落下的时候，还不拿起鞭子，追赶着羊群离开夜晚的大山。夜黑了，羊才开始安心地吃了起来，羊在老人的带领下找到了一天都没有吃上的好草。放羊的人也不用追赶着羊四处乱跑，而是陪着自己去世多年的祖宗们说说话，有他们陪着，史家河的夜晚才变得踏实，才变得有了一些别人没有体会过的味道。

在夜里，靠在墙角的铁锨和镢头也歇了下来，它们的利刃在圆月下发出耀眼的白光。它们是这个村庄最为普遍的工具。当人们从田地里出来，月亮已经在山头上慢慢地爬着，越来越高。爱惜农具的人总是要在地头把铁锨头和镢头刃上的泥擦的干净，先用脚蹬了大泥，然后再蹲下去，用梭草一点点把细泥擦掉，才会扛到肩上带回来。有天夜里，我坐在门外的大石头上，把铁锨和镢头里里外外地擦干净，但我带回了镢头，把铁锨忘在了稍门外。早上起来当给牛圈里垫干土的时候，怎么也找不到铁锨。就一次次地找，一遍遍地想昨晚回来，铁锨到底放在了哪里，却怎么也找不见。打开稍门关子，铁锨还忠诚地在门外立得端端正正，铁锨为我守了一夜的稍门。我就奇怪狗一夜都没有亮嗓子，原来是铁锨在门外站着，为狗尽了看家的义务。铁锨没有怨言，它不会怪罪我，把它扔下来不管，只是上面落满了后半夜的露水，露珠一下下地顺着滑下，浸湿了锨头下面的那一片泥土。我心疼起铁锨来，它在地里出了一天力气，没有它我家被雨冲垮了的硷畔就垒不起来。天再下雨的话，雨水就没有目标地流到了别人的地里，我种下来的玉米眼睁睁地就看着一场透雨带来的滋润，会从身边没有一点阻拦地消失。

我有时候也会把铁锨镢头放在门外，故意不带回家里来。铁锨镢头去了坟地，镢头帮助我们给逝去的老人们一点点地挖下了在另一个世界的墓窑，而铁锨却帮我们为老人们圆起了一个个坟骨堆。就是这些看着不起眼的农具，当人还活着时候，它们是那么顺手地为村庄做了自己，一辈辈的人用它们送着一个个老人离开这个世界。铁锨和镢头从坟地里回来，在门外放上一夜，晚上走在村庄的逝去的老人们，他们在另一个世界里喝了迷魂汤，但当看到了自己曾经使用过还带着余热的农具，就知道了回家的路。在我们心里，他们还活在我们中间，即使再过上好多年，也感觉没有走出多远。我知道铁锨镢头们还在门外，他们没有闭上眼睛歇息，这个夜晚就还醒着，黑夜如白昼一样，只有没有了阳光照射下来，白昼里一切的生机都隐藏在这波涛汹涌的暗色里。夜色在沉睡，星星却总是醒着，我看着他们眼睛一眨一眨，他们替我想起和说着这些我记忆深处里的话。

那城·那河·那人

久在他乡的游子，就像一只在风中摇曳的风筝，总有一根长长的线维系在思念的两边。夜里醒来，思念的潮水不知何时已浸在枕边，又是潇潇秋雨，从楼上滴滴答答落下的雨滴把心中的往事一点点浇上心头。家乡的那条小河，那座小城，亲切而又熟悉地涌现在我的眼帘。

在家乡，每个月朗星稀的夜晚，我都会一个人沿着河岸，听着月光下那潺潺的流水声和各种虫子的鸣叫。小河在小城旁温柔地偎依着，日复一日，年复一年地缓缓流过，就像我一样，在母亲的呵护下，在这座古老的小城里生活了20年。外面精彩的世界，吸引着我心中那萌动的理想。多少次，一个人漫步于幽静的夜晚，远远地看着山路上那一连串的车灯，闪烁的车灯好像外婆要实现出城愿望 的那双急切的眼睛，急明急暗地流动。

小城一年最美美不过秋天。天高云淡风清，环绕的流水潺潺，山野的花朵朵如灿烂的笑脸，又如繁星点点，无不装扮着美丽的自然。河两岸的田地里，一片收获的金黄，秋风飘送着成熟的芳香，我可敬的乡亲们，割下鼓胀的黄豆荚，掰掉长须的玉米棒，摔打着成熟的红高粱，还有那成片的贡梨，黄灿灿地挂在枝头。当我每天上学放学时，总能遇到那扯起嗓子吆喝“豆浆——豆浆——”的老大娘，她那辆破旧的自行车，那顶旧草帽……

又是一个秋天，我就要走出小城了。临行的那天，秋雨点点，父亲提着行李，母亲抱着几个月大的小外甥，千叮万嘱。当我上车的时候，母亲那在眼眶滚动的泪珠，父亲那挥动的大手，让我在心头永远铭记。汽车慢慢地驶出了小城，开始在盘旋的山路上颠簸，我坐在小窗边，看着那熟悉的小城，弯弯的小河，还有人流、街巷、草木，心潮起伏。

人生如烟，每个人忘却的事情太多了，每当我身在他乡时，我知道：是黑夜的车灯点燃了我青春的梦，是秋雨中的父母送我走向人生的道路。

麦黄杏

母亲前几天说，老家的杏黄了。有村里的邻居进城来告诉她。她说让邻居回去摘了去，免得小孩子爬上去万一摔了下来惹事。老家稍门前的那几棵杏树，确实是有些年头了。家里的人走了，但杏树每年都春天里花儿繁茂，一到麦黄季节，满枝的杏都躲在叶子后面，一串串地。杏树是母亲从沟里挖来的，二十世纪七十年代时，父亲一镢头一镢头地给我们修窑，母亲给父亲打下手，扶着架子车把，然后推着车子把土从沟里倒下去。就在母亲倒土的时候，看见沟边的洼上有几株杏树苗。母亲是个爱好人，就用手把杏树苗儿刨了出来，给根上捏了湿土，带回去栽在门边上。父亲笑话母亲，说那能活下来啊。母亲说我就要让它活下来，等我娃以后长大了，杏树也就开始结果了，我娃就不再看着人家的杏流口水了。

后来母亲在河里挑水时，就多挑一些，给杏树苗浇水，在路上拾牛粪，杏树苗穿上了厚厚的牛粪大衣，后来杏树苗都活了，一株比一株长势旺，那时候我还没出生。我出生的时候，杏树已开始挂果。父母去田里一晌一晌地干活，我饿了，姐姐都打开柜子，给我用开水泡白面馍。现在姐还开玩笑说，父母那时比较偏心，把家里仅有的白面馍锁在柜子里，不让她们吃。她们每次给我喂的时候，只能喝上几口水或者拾我揉下来的馍渣渣。父母不回来，我就哭，姐就搬着凳子，爬上杏树给我摘杏。杏还青涩时，我酸的直叫娘，就停住了哭闹。青杏吃完了，最爱玩的游戏是把没长成的杏仁儿放在耳朵里，和姐姐一起比，看谁最先能“孵小鸡”。名叫“算黄算割”的鸟儿，在杏树头上开始叫唤时，父母就夹着镰刀出门了。镰是后半夜磨好了的，刀刃在青石上磨得锃亮，锋利无比。一整天里，父母都在地里割麦。头上戴着麦秆帽子，脖子上搭着湿毛巾，麦地头上陶罐里的凉开水早已晒得滚烫。

给父母送饭的时候，总是要带上杏，杏是父母夏收季节不能按点吃饭的口粮。即使杏掉在了土里，他们也舍不得扔掉，拾起来在衣角上擦擦放在口中去。树上的杏，邻居们谁路过都可以摘上一些。村里有人打算夏忙完了给娃娶媳妇，正好赶上端午节，按照习俗还得给准丈人爸家去送礼。小伙子就在树上挑选又大又黄的麦黄杏向袋子里装。有人问，你丈母娘咋还爱吃杏啊，周围顿时引来一片哈哈大笑。小伙子只顾向袋子里装，红着脸不吭气。小伙子是给自己没过门的媳妇带的，小伙子知道他的意中人吃了麦黄杏，就会相思害得下不了床，两人的感情就是水到渠成的事。杏黄了，母亲就会喊着邻坊都来摘，落了就可惜了。尤其是夏季的一场暴风骤雨之后，树下的黄蛋蛋们一层层地裂开了嘴，让人看着很是心疼。

母亲还在村里生活的时候，总是会在麦黄时节打电话来，一是说家里的收成很好，一亩地又能打上几百斤了，且颗粒饱满，想想磨下来的面都白如雪。那时候过年时，把冒着热气的白面馍从中间掰开，抹上汪汪的熟油辣子，甭提有多香了。二是她又会唠叨着说门前的麦黄杏熟了，他和父亲的牙口不好，吃不上几个，想让别人来摘了去村子里都没有个好劳力。那时我们姊妹为抢着吃杏而打架，儿女们长大了出门了工作了又吃不上，得眼睁睁地看着落到了地上。母亲就一个个地拾了回去，在下雨天里坐下来捏杏核。城里的杏仁很贵，自己家里的却浪费了，母亲就把杏核砸开，杏仁留下来捎给娃们在冬天里做油茶。

母亲老了，老家的窑门前也杂草丛生。门前的那几棵杏树却还是三十几年如一日地开花挂果，然后成了鸟儿松鼠们美食和嬉戏的天堂。老家的人们都慢慢地迁出，一座水利工程的蓝图也在政府的文件写的清清楚楚。昨天下班，爱人单位发了一箱杏，个大肉厚，色艳味鲜，我一口气吃了几个，却没尝出老家麦黄杏的味道，看来我在外的这些年，对老家的麦黄杏还是那么地情有独钟。

书房的幸福

喜欢读书的人，都有属于自己一片天地的梦想。著名出版人范用先生在《书房礼赞》一文开篇说："有一间书房，算得上是人生幸福。人在书房，可以享受到一片安静。"对于爱好读书的人来说，书房是必不可少。可大可小，可宽可窄，只要是能容下读书的一颗心就是快乐。租房的日子，对于我这个爱好读书的人来说，床头桌下，枕边厨房，都落满了各类书籍。

在前年买房的时候，有户型可以二房变三房，价格相比略高。这虽然是商家促销的手段，但我还是一眼看中，原因是我多年的书房梦可以实现了。今年年初拿到新房钥匙时，我就谋划着怎样把书房设计的更加合理，将多年读过但不忍舍弃的册子都齐齐地摆上书架，每天晚上夜深人静，泡上一杯陕青，再细细品味又会是另一种享受了。读的多了，就会提笔写下自己喜欢的文字，久而久之，便上了瘾。

说起书房，不得不说书房的命名。历代文人雅士对自己书房的命名都很是讲究，如刘禹锡的"陋室铭"、张溥的"七录斋"、蒲松龄的"聊斋”、张恨水的“北望斋”、梁实秋的“雅舍”、徐志摩的“眉轩”、俞平伯的“永安居”、贾平凹的“上书房”等等，或言志、或寄情、或自勉、或明愿，都给人以启示。迁入新居，看着装修一新的书房，我这个妄为的文学爱好者也为自己精神家园的命名动起了心思。才疏学浅、生性愚钝的我，就起个名叫“归园居”吧，回到书房，就是回到了自己的小田园，心中就没有了种种的世俗杂念。

说了书房的命名，就又寻思着能有名人的书画作品，置于墙上，更会是普通人的精神家园里蓬荜生辉。高中时，遇上市里书协的书法家题词，便自不量力地缠着老师写下了墨宝“精神”二字，花钱装裱，置于室内，每当看着老师的刚劲有力的大字，自己的精气神儿便不提自好。奈何这幅字一直在300公里之外的老家，不便在长途客车上携带至西安，算是心中的遗憾了。

我爱读书，我爱生活。我爱我的书房，在那不足十平方米的小天地里，每当灯明夜燃，在书架上随便抽上一本，或散文，或诗歌；或是大家巨著，或者普通作品，读书时那种酣畅淋漓的感受，细细想真是其乐无穷呢。

疼痛深处的行走

我的家乡在史家河那个不为人知的山沟沟。几十年的时光里，许多适龄的男娃都娶不上媳妇，女娃大多都嫁给了塬上人。村里吃水要去沟底挑山泉，巴掌大的旱地里收成总是少的可怜。乡亲们都惜水如金，村里一直有宁可给别人吃一碗面，都不愿给喝杯水的传统。

我第一次进县城，是15岁那年夏天父亲带我看病。那时公路还没有修通，父亲的自行车大多时间都在肩上扛着，顺着红岩河的羊肠小道走了3个多小时，才踏上了柏油路。

第一次坐长途大巴，是从县城到西安的城西客运站，然后又买火车票去河南上学。在火车上不敢和任何人说话，多半夜看完了一本散文集，还不时地用手摸着缝在内裤里的学费。穷人的孩子早懂事，父母为了我们上学，在那几亩坡地里刨了几十年，总算含辛茹苦地供给我们姊妹上完学。

无论是第一次进县城，或者是从西安到河南，一个山沟沟里的娃走出大山，以上学的方式改变自己的人生，我的眼中充满更多的是好奇和新鲜。自从我离开家乡，在外上学工作后，回老家的次数就少了，村子里的人也渐渐少了起来，青壮年都外出务工，家里都是老弱残疾在村子里生活着。

在河南人生地不熟的城市我待了将近七年，然后义无反顾地回了西安。记得刚上班领到第一个月的工资500元时，心里很是高兴。要减轻父母的负担，就是自己养活自己。我有个爱好读书的习惯，每天下班后总是捧起一本书，把自己埋在文学的情愫里不能自拔。几年的时光，都是从读书中度过，或者放大录音机的声音听秦腔。想家的感觉就像秦腔那样愈来愈烈。常给父母打电话，诉说工作中的得失和生活中的人情世故，给父母说一切都安好。还记得刚上班时一位新同事在打扫办公室时，将一颗烟头顺势从桌子底下扫了进去，却恰巧被科长看在眼里，后来那位同事不得不离职，重新回到了求职的大潮中去。不曾忘记应聘那家单位时，面试是从冬季三九天里的卡车上接送开始，许多应聘的人都埋怨太冷，却被一轮轮地刷掉，能够留下来的都是过五关斩六将才接到了录取的通知。每个人都有自己的人生态度和做事方式，尤其是靠文字吃饭的人，更应该从细处着手，也应懂得不扫一屋，何以扫天下的哲理。

在异乡的日子，是孤独的。曾写过这样的一首《一个人在他乡》的歌词：一个人走在他乡大街上 / 霓虹灯把我的影子缩短又拉长 / 城市的千万间广厦里没有我的床 / 低湿的小屋里没有温暖的灯光 / 车水马龙中人们都在实现着梦想 / 任凭风吹雨打太阳晒黑的面庞 / 生活的号角一遍遍地吹响 / 前进的帆船要用热血和汗水起航 / 一个人匆匆走在他乡大街上 / 没有人认识碰不上爹和娘 / 没有人问候没有人知道我去何方 / 青春啊，你是我漂泊的行囊 / 目光啊，你是我前行的方向 / 爹娘啊，让我在他乡的夜晚把你想。就是这首歌词，成了我在他乡最真实、最难忘的写照。现在夜里还常常做梦，梦见自己还是在外地，一个人走在大街上，面对着陌生的人群不知何去何从。常言道，日有所思，夜有所梦，在外地的日子，是一段难以磨灭的印记，也是一种无法忘怀的收获。

2008年，我回到了西安，又开始了自己的另外一种生活和征程。结婚，初次尝到了家庭的责任；买房，总算在这个城市里有了自己的小窝，虽背负着沉重的房贷，但有一种温暖始终在心中涌动；读书，这个爱好和习惯一直坚持了下来，乐此不疲，使自己的精神世界更加充盈起来。每天在西安这座古老的城市里穿梭着，蚂蚁般驮着自己的生活疾步前行。工作一如既往地忙碌，但我还是经常去城墙根听听纯正的秦腔，时不时去八仙庵或书院门的旧书摊淘本自己心中的宝贝。我们每个在外奔波的人，都是家乡母亲的蒲公英，行走的日子虽然有无法言说的疼痛，但疼痛背后收获的彩虹更是无比灿烂。

磨面

母亲来城里小住，要给我蒸馍。蒸馍得有面粉，我平时是直接买馒头回来了事，母亲觉得城里的馒头一块钱三个不实惠，且口感一般。我不主张母亲蒸馍，说厨房太小，小案板无法把她这一辈子最擅长的技艺施展开来。其实我是觉得母亲做了半辈子饭，想让她图个清闲，好好歇息。

后来母亲还是让我给她买一小袋面回来，我就买了回去，果然母亲为按不知放多少碱而为难。我给母亲说用发酵粉，她不愿意。母亲说看来现在确实老了不中用了，那时候孩子们还小，每月磨几袋子面粉都做过来了，她陷入了深深的自责中，把我的思绪也拉到小时磨面的时光里去。

那时一家六口人，四个半大不小的孩子都是吃饭的好手。磨面也是家里每月里一次大活儿。先是选个大好天气，母亲把我放进粮囤里，用蛇皮袋一袋袋地装，装好了放在院子里，她已支好了铁锅，把麦粒放进去一点点地浸泡，搓洗，把细土淘净，用笊篱把漂在上面的麦秸皮儿捞出去，然后晾在塑料纸上风干得差不多，就可以装袋去磨面了。

第二天一早，父亲便拉牛套车，去邻村的磨面机房排队。上坡，赶路，花了一小时到了磨坊，磨坊里通常已经是排了好几家。轮到我们时，父亲便把袋子从架子车上扛到称上过重，称不是电子称，也不是磅，而是需要把粮袋子吊在称上，两个大小伙用一根木杠子穿过套环咬牙才能抬起来。称完了才能算磨面的钱，通常是百斤三块，后来涨到五块八块不等。那时候我觉得磨面机这大机器很是惊人，几百斤粮食就那样被一口气吞了下去。然后呼噜呼噜地转着，不到两小时白面和麸皮都哗哗落下，黑白分的清清楚楚。母亲每次去，主要的活儿是收面粉。最白的，二档的，麸皮的，她都一一分开。站在那里，她像个守门的女将士，手里拿着矬子，看着面粉雪花般落下，然后一点点地装进袋子里。

说起磨面，我又想起了村里唯一的磨盘来。父亲说他小时，磨盘就放在村东头的那只半截窑里。叫半截窑，是因为窑顶薄，时间久了坍塌，站在半截窑里，能看到蓝天上的云朵。磨盘是上下两扇，青石材质，上扇有一根磨得光滑无比的木杆，推的人需全身前倾，使尽力气才能推的转。当时农村年景不好，村里人主要的吃食还是粗粮，磨盘是村里唯一的宝贝，全村老老少少用独轮车推着粮食来，然后就在时光里一圈圈里推着。男人们不时地卷起自制的烟卷，烟纸是孩子们正反面都写了字的作业本，吸溜吸溜地抽个不停。女人们却双手摇着竹箩，一次次地从磨盘上筛着粗细不一的粉面子，细的装进袋子里，粗的又再一次地倒在磨盘上。母亲不紧不慢地围着磨盘转圈，她累了，我们小孩上去推，往往是刚开始几圈推着跑，后来就蔫了去。母亲说不能那样推，干活儿就要不紧不慢，这样才能细水长流，那有一口气就想磨好的，慢工出细活。母亲的话对推磨盘来说，再确切不过。

母亲说，自家粮食磨得面粉还是好些，不添加任何东西。我知道，母亲又开始回想起了过往，甚至面粉那古朴而温热的清香又在她心头起伏。时过境迁，年轻人都外出打工去了，村子里种粮的人也逐渐少了起来。现在村里已经没有可以磨面的地方了，磨面坊曾经跟集市般热闹的场景早已在时光的流逝中，消失得无踪无影。

磨面是我脑海里最清晰的印记，也是村庄深处曾经无法抹去的一幅劳作图了。

远去的村庄

放暑假了，母亲终于可以脱身进城来。母亲一直跟着弟弟生活，在侄子出生后她更是忙的不可开交。母亲不但要为小家伙洗尿布，而且还要给月子里的弟媳做饭。时间就这样不经意间过去了一年多。如今侄子已经咿呀学语、蹒跚学步了。小侄子活泼可爱，作为她的第一个孙子，母亲总是疼爱有加，舍不得小家伙有半点哭闹。老人都是这样，把儿女拉扯成人后，却还想着为子女把孙子带大。

弟弟两口子身为教师，平日里忙碌教书育人。放了暑假以后，为了让母亲能歇息下，就接过了带孩子的接力棒，母亲便来省城看我和姐姐。人常说，父母总有操不完的心。我知道母亲来城里的原因，就是为了给我亲手缝新房里的被褥。我在姊妹里结婚是最晚的，为了省钱，在一家单位家属院的旧楼里租住。老式的混砖房，不足 40 平方米，且是顶层，每逢雨季，外面下大雨，房内下小雨，经常性在室内给值钱的电器打伞，夜半里挪着床不至于被褥淋湿。母亲来看了后，回去多个晚上睡不着觉。说他娃可怜的没个去处，那么小的卫生间我那么胖的身体咋能蹲下去呢。

我的新房拿到钥匙后，母亲把她多年攒的钱都给了我，让我好好地把自己的小窝收拾下。她来了后，惊讶于城市的楼之高，小区绿化之好，还有假山喷泉和羽毛球场呢，她的脸上才露出了笑容。母亲属于故乡，她这一辈子来西安的次数也是屈指可数。她始终不愿意离开故乡那片村庄和土地。在故乡，她一个人在田里，能默默地忙活一天而不回家吃饭，她已在故乡司空见惯的土地上凝注了自己无法割舍的情愫。劳作在田里，河滩里沙石地里种出的西瓜很是甘甜；居住的土窑里，冬暖夏凉而厚实；就连灶膛都是红土灰基砌成的，炉灶的火焰燃烧不尽。母亲的性格来自在故乡的泥土，总是那么实诚和温暖。

自从故乡要建设水库，所有的人都要移民搬迁的消息传来，母亲就不安了起来，她念叨的是她亲手栽下的槐树已长成林，她亲自在半山的硷畔嫁接的枣树，还有父亲花了多少心血修成的几孔窑洞就这样不复存在，且从她的记忆的时光里慢慢淡忘。母亲起的很早，她一声不吭地走遍属于自己的田地，走遍已长成碗口大的树林，用手不停的抚摸，还要为没有长高的枝叶打杈。她担心这些属于故乡的东西突然消失了。

跟着弟弟生活后，有一个周末母亲竟然不见了，电话也不接。着实让弟弟心慌了一次，竟带着哭腔给我打电话。后来才知道，母亲一个人偷偷地步行回了故乡。故乡离县城几十里的路，母亲在一早别人还没睡醒时，一个人带着几个馒头向她昼夜无法割舍的村庄走去。后来母亲说，她走回去，院落里的杂草已经半人高，大门上已经生锈的铁锁，打开时还费了很大的劲。她用锄头把院落里的杂草一点点地清除完，她把已经荒芜了的曾经的菜园挖的膨松。她把已经风干的秸秆儿填进了那让一家子人睡了 30 多年的土炕洞，并燃上了火，清冷的窑洞里顿时有了生机，故乡的村庄里又多了一丝轻烟和精气神。母亲已经两年没回去了，自从那次偷着回去让子女们着急外，她没有再提说要自己回去。时不时地给弟弟念叨着让回老家看看，那些树木长的是否还好，院落的草是不是又长高了，她又梦见谁家孩子用火柴把大木门点着了。

母亲搬进县城后，几年间，我再也没有回到故乡，空空的老窑洞已经成了历史的照片，像一位上了年纪的老人，静静地守望着故乡的那片田园。我常常想，当故乡总有一天不复存在，我的籍贯又是哪里呢。每当在西安这座城市的深夜，我的脑海里总是想起那些已经死去或者年老的人们，他们生活的场景一幕幕地在我的大脑里闪过。那个叫史家河的村庄，南北环山，红岩河自东向西地穿过，荡漾的碧波总是唱着永不停息的歌谣。村南边的那座山叫狼牙山，山势起伏，每逢春夏，青草长势喜人，我这个放牛娃手持鞭子，坐在台阶上捧起书本，不远处的田地里，玉米缨子随风飘起，秋收季节马上到了，这让故乡无比荣耀和丰盈。

乞丐

说起乞丐，喜欢读金庸小说的人都知道，在这位大师的笔下，天下第一大帮是丐帮。他们往往以成员众多、声势浩大而著称江湖，但这仅仅是小说的虚构。而在我们的现实生活中，乞丐一族的“力量”也是不容小觑的。

在乞食一族里，虽然每个人都是向他人伸手要钱，但如果你细细观察，他们还有等级之分。

第一等要数卖笑者。一个妇女膝下小孩两三个，个个弱不禁风，在大人的指示下，“叔叔、阿姨”喊个不停。小嘴巴甜甜的，可就是拉住你的衣角不放，让你从其身上发现善心，然后是解囊相赠。还有些二三十岁的青年，明明是身强力壮，精神正常，但以丐帮弟子自居，不给钱还以恶语相向，一个懒字就可以将其概括。对此等人，不屑一顾绝对是好，他们决不会为等你的施舍而将自己饿死，上天可做证。

第二等是卖老者。他们的年龄在 40 岁到 70 岁之间，男女都有。他们是不是真的年事已高，只有自己知道，反正是一脸沧桑之态，手里端个脱漆破碗，将碗里一眼就能数清的硬币哐啷哐啷地在你面前摇来摇去。卖老者摇出的声音让过路者择目而看，然后慷慨解囊。这些人还是一个懒字概括。试看，农村田地里的老翁老妇，虽然年事已高，但还是一味卖力地劳动。而这些卖老者不缺胳膊少腿，难道就失去了劳作的能力？原因只有自己明白。

第三等该数“卖身”者。所谓“卖身”者，是利用身体上的残疾来求得人们同情的人。这些人多为男士，老少皆有，在街头闹市一隅，露出半个残肢或紧闭双眼（当然，也不排除有双目本来就明亮之人）换取他人同情。失去双手或双腿，最起码的生活都不能自理，如果要凭自己的能力来维持生活，可能有一定的难度。但也有这种在厄运之后重新“站”起来的人。他们凭自身能力，做出了相应的成绩。他们值得人尊敬，更让那些身不残而志残的人脸红。

第四等为卖艺者。这些人也是人们最能接受的一种。他们身上挎一把吉他或二胡之类的乐器，或站或坐，居于街头广场、夜市门店前后，唱着大家都很熟悉的歌。如果哪首歌唱到了谁的心里，自然会在他的碗里扔进几枚硬币，然后高兴地离去。也有三五成群组合成一个小乐队，在街挨门上店地唱完这家又唱那家。即使有些门店平时门可罗雀，但这一下子也因一两首歌而招来众人。人们大多好奇心强，无论哪里有些热闹，便里三层外三层地围上去看个究竟。一会儿下来，卖艺者收入甚丰，虽然每个人都是仅仅放进几毛钱。我不认为这是一种施舍或救济，似乎是一种对他人劳动付出的回报。虽然不是给某一个人的专场，但是你也得到了享受。

细细想来，在这个大千世界里，每个人都有自己的生活方式、态度和做人的准则。我们也不必说总瞧不起那类乞食一族，就在他们之间，也有优劣、善恶、高低、贵贱之分。在人生这个大舞台上，我们在自己的事业、精神或者爱情等方面，是否也扮演着一个乞丐的角色呢？

回家过年

又是一年春节到。看着这些天火车站里回家的人们，大包小包地扛着行李，争先恐后地在站台上来回穿梭，我的心里不禁又沉重了起来。春节，这个万家喜气洋洋的日子，在外的人们都想和家里的老老少少在一起，团团圆圆地待几天，因为这份心情一直很温暖。

回家过年是在外栖居者的心灵归宿。一年又一年，当我们这些在城市里摇曳的人，在城市的角落里闻到年味渐浓的时候，回家过年的心情就更加急切了。想想一年来在外的生活，酸甜苦辣都涌上了心头。那晚曾做了一个梦，梦见我扛着行李在车站的月台上不停地奔跑，满头大汗地跑着……当我气喘吁吁地醒来时，才感觉到两腮冰凉的泪水。我虽然已不是看着年货流口水的孩童，但就是想和父母坐在一起，说说心里话。父母一年年老去，而我一年年回家的次数已经屈指可数。

回家过年是家人的期盼。无论我们在外生活得好与坏，挣到了多少钱，父母总是在腊月的尽头站在长长的路上，用一种期盼的目光看着车子的来来去去，等到的就是我们能从车上跳下来，喊一声："爸、妈，我回来了。”看着父母那目光里的高兴，他们再也不会晚上睡不着了。记得那年回家，几天几夜的雪下个不停，312 国道上的车子像蜗牛般爬着，路上发生的车祸大大小小接连不断。我提前告诉了父母我已踏上了回家的路途，可是手机偏偏没了电。后来听弟弟说，父母打了一遍又一遍我的电话，一直处于关机状态，他们在家里进进出出，心里不能平静，甚至还要沿路找来。

毕业后在外奔波这些年，我深刻地感觉到挣每月那些工资是多么不易。每天都在精打细算着，可是年终留下的总是少之又少。过年回家，至少应该给父亲买几包好烟、几瓶好酒，给母亲买个衣裳什么的，不管东西价格高低，至少是儿子的一份心意。每次给他们买了东西，父母都会说以后不要再买了，家里什么都有，但是当他们看着儿子的这份心意时，心里也有一丝欣慰，最起码在他们的心目中，儿子长大了。

春节的脚步近了，当四处都溢满了年味儿时，也是我们这些在外的人准备回家的时候了，兜里有钱没钱并不重要，重要的是归家的那份心情。这时候，耳边突然响起了王宝强唱的那首《有钱没钱回家过年》的歌：山外有山天外有天，忙碌了一年真想回家看看。有钱没钱回家过年，家里总有年夜饭……

雨是春天的舞蹈

前天深夜，做了一个奇怪的梦，梦见了小时候的我，一个人在细雨蒙蒙的田野上，似脱缰的小马驹般不停地跑着，跑着……当我跑得很累的时候，突然从美好的梦境中醒了过来，便听见了窗外的春雨声。下雨了，下雨了，久违的春雨害羞般地在人们睡去的夜里，轻轻地来了。滋润着万物，滋润着大地，也滋润在了我的心里。我不由得从被窝里钻出来，站在阳台上，打开窗户，细细地端详着这让人欣喜的东西，从对面住户的遮雨棚上滑下来，音乐似的滴滴答答，一股股清新的芳香也顿时变的那么扑鼻。

这几年的冬天也变得不像个冬天了，因为冬天应该是银装素裹的世界，但现在却是因干燥而来的流行性感冒，各大医院的每个病人打个喷嚏，也会有雨滴落下啊！还有，全球的气候变暖已经成了世界人民害怕而又不能改变的现实。

听天气预报说，这几天全国自西向东还会有雨水，这是这个季节里最好的符号。好雨知时节，当春乃发生。这是场久违的雨，及时的雨，大地开始回春，万物也慢慢地睁开了惺忪的眼睛，慢慢地抻长了脖子，开始活动筋骨，茁壮成长；这是场浪漫的雨，在立春后的日子里舞蹈着，哗哗地落下，音符般跳动着，成为沁人心田的甘露，从早到晚，滋润着大地，令人陶醉。

家是什么

家是什么？我想大家都知道。久居都市，像咱这仅能靠微薄薪水买个馒头、咸菜填饱肚子的人，面对那像这几天的温度般上升的房价，只能是奢望了。就是不吃不喝，一年下来可能连小半个卫生间也买不下来，幸好单位给咱这未婚一族安排了个虽然是二十世纪八十年代初建的老房子，可毕竟已能遮风挡雨了，加之每天以书为伴，总感到小屋里其乐融融。

朋友是个交警，有次好心市民拨打110，说一醉汉横躺街头。有求必应，他赶紧出警和大家把醉汉扶起来，仔细一打量不由得大吃一惊，此人乃是市里极有名望的某企业老总，也称得上是个富翁了。富翁在警车里休息了一会儿，慢慢的清醒了过来。朋友讨好地说："先生，我送您回家好吗？"富翁环顾了一周，茫然地说："家，我哪有家啊？"朋友以为富翁真是喝醉了，因为他知道，前面不远处的那叫名仕花园的复式别墅就是富翁的家，所以指着那栋别墅好意提醒道："先生，前面不就是吗？"富翁很干脆地说："那是我的房子啊。"

应该说，没有亲情和被爱遗忘的人，确实是真正意义上没家的人。我想我有家，它就在我的心里。

雪是冬天的符号

昨晚，回到了童年的冬天，是在梦里。梦见了那个大雪纷飞的日子，我和伙伴们在雪地里贪玩着，大片大片的雪花将整个大地妆扮成了一个粉妆玉砌的世界。

当我高高兴兴地在大雪铺就的白床上，滑溜地满头大汗时，从梦中便醒了过来，才发现自己躺在床上。小时候每到冬天，不知道是自己个子低还是那时候雪真的很厚，留在记忆中的总是雪与膝盖齐深，自己深一脚浅一脚地去上学，不时地从一个拐角里跑出来谁家的黑里变白的狗，抬起腿来在雪地里撒了尿，留下的是串串脚印。

雪是冬天的名片，当人们认识冬天的时候，雪是号角，是象征冬天的符号。可是，当我们在全球变暖的呼声一浪高过一浪的现实下，雪成了一个害羞的大姑娘，在深闺中真让人难以相见。当我想她想得如此强烈时，有梦也算是一种寄托吧，也算是在梦里与雪的一次约会。

这些天里，空气中弥漫着压抑的感觉，干燥地直让人窒息。每天大量地喝水，唇上还是一层层地脱皮，那天去了一家门诊，打点滴的人们，如长龙般排着队伍。天气预报带来了福音，江淮、黄淮等全国大部分地方近日将有雨雪天气，局部地方还有大雪或暴雪，这是个令人高兴的好消息，期待着一场纷纷扬扬的大雪的到来。雪来了，片片落下，天地间纯粹般洁白，我心底涌簇了无数的火焰，顿时安静了下来，安静了这个随遇而安的世界。

秦腔

贾平凹说：八百里秦川尘土飞扬，三千万人民齐吼秦腔。秦腔作为西北地域特有的剧种，是真正的秦人站在黄土高原上用儿时吃奶的劲从心里吼出来的，豪放里夹杂着点点野气。陕甘宁一带的人们，没有一个不会吼几句，不管是官方的、民间的演出，总会有业余或专业的登上台去叫板。

生在关中，我从小在“王朝马汉喊一声”的氛围中长大，骨子里沾上了对西北这土生土长的戏曲的喜好。无论是收音机里的“戏曲大观园”还是电视里的“秦之声”，听懂或没听懂的，总感觉到那种唢呐板胡等乐器相结合的调子美。在西北人看来，京剧也不如秦腔的美，因为秦腔雄浑有力、慷慨大气，好像自己的性格全从秦腔的调子里表现出来了一般。

母亲爱看戏、听戏，虽然她识字不多。她常常遇到收音机或电视里有秦腔的剧目时，总是全神贯注地听着，听着。而且在心里有负担或瞌睡时，她总要听上一段，用她的话说就是听秦腔瞌睡都不知跑那去了。小时，镇上总在每年三月里要唱大戏，而且一唱就是半月，这是戏迷们过大年的日子。三月里农活忙，那时母亲总是在正月里的尾巴上就开始下地，目的只有一个，给看戏的日子挤时间。三月里戏来了，戏迷们最先想知道的就是来的是哪个戏团，因为只有他们心里才知道哪个戏团的哪个剧目唱得好。台子上的戏唱着，台下的男女老少蹲的蹲、坐的坐、调皮的孩子就在临时搭建的台沿上爬着，全部都竖起了耳朵，抻长了脖子，绝不放过一句词调。大多数台词都熟记于心时，于是就有人不管东西南北地和演员一替一地同时吼。

秦腔好似一团火，一直在乡亲们的心里熊熊燃烧着。无论是在田间地头，还是农家小院、茶馆酒店，都会听到秦腔的声音，压根儿就爱秦腔的人们，高兴了唱，痛苦了唱，反正有不同的曲子来发泄着自己的情感。小时村子里常常有哪家有红白喜事，都会请三五个一小队的戏帮子来，在嫁女娶妻时有《华亭相会》，在给老人送终时有《祭灵》，这些事情大多都在冬天，戏帮子们围坐成一圈，你拉板胡他打梆子我唱戏，在圈子的中间用早已蚀干了的树根煨上火，这一是为了取暖，二是为了烤鼓和唢呐筒，每个人身旁都放着一壶很酽的“陕青茶”，换班儿地唱着一曲又一曲，旁边的人们里三层外三层，能听懂的听名堂，听不懂的听热闹，总之大家都在这种特别的气氛里享受着。如果有谁家的婆娘喊着自家的戏迷男人，女人心急，男人不理。两人不吵架反正脸要红。

一年一年地长大了，在外上学后又工作，我甚至听不到一句秦腔的调子。当然，每个地域都有自己的“土特产”，走到河南有豫剧，走到江南有黄梅戏，走到北京有京剧。但是作为在关中生活了二十多年的我，从心底里还是痴迷老陕的秦人之腔。今年春节回家，天天陪父母在秦腔里度过，假满该走时，母亲说：“娃，你一个人在外工作，去的时候带些戏带，下班后想家了就放开听听。”现在当我下班无事时，总要把任哲中、马友仙等大师的带子一遍遍地听，顿时想家的那种欲望就不那么强烈了。

曾经的麦客

又到了麦收的季节，那天傍晚去郊外走了走，一垄垄的麦子像成熟的女人一样鼓胀丰满。远离乡村，久违了麦子在夏天的晚风中舞蹈着，似在迎接这丰收的季节。在农业机械化的今天，我想起了麦客，想起了曾经是麦客的我的那些父辈们。

麦客者，就是麦收季节为人割麦的短期劳务工。他们外出割麦，又名“赶场”或“撵场”。麦客大多衣着简陋，头戴一顶草帽，腰挂一把镰刀，肩上搭一口袋，袋里装着一件烂棉袄或一床薄被，这就是麦客们的全部行囊。每年五六月间，麦客们带着这些简易装束，便候鸟般飞越着，汇成了蔚为壮观的麦客大潮。《清诗纪事》嘉庆朝卷吴振棫所作《麦客行》诗写道：“连畦被陇麦欲黄，麦客麦客来河湟。从朝割麦逮曛黑，无田翻比田夫忙。一村复一村，一县复一县。百里千里两脚遍，姓名乡贯谁细辨？但里今来俑值贱，俑值贱，奈何人日受钱百？村蔬甚肥村酒白，持以供客客意适。儿能腰镰妇亦健，自有筋力胡爱惜？”这首古诗正是那时麦客们辗转奔波割麦的真实写照。

父辈们都做过麦客，每年夏收季节当自家麦子尚未成熟时，变三五成群结队地翻过山山梁梁，沟沟峁峁，而后由东渐次向西为当地农民收割麦子，待到外地麦子割得将尽，家乡麦子也该收获，他们再回家来割自家麦子，就这样度过一个丰收的夏季。还记得父辈们每当要“远征”的时候，总是哥们弟兄几个提前要开个会，商议着去哪里。他们每人带镰刀一把，但是要带好几把镰刃，每个镰刃都明晃晃的，很是锋利。最重要还得有一块磨刀石，磨刀石青石质地，是父辈在河边的石砾中经过精选打磨出来的，他们猫起腰来来回回几下镰刃就会由老钝变得锋利无比。父辈们在炎炎的夏日中，当找到割麦的雇主时，就会挥汗如雨地挥舞着镰刀，一天下来每人二亩三亩不在话下。故乡的人们常常会说割麦是“虎口夺食”，因为麦子已经成熟的时候，也正是夏天的雷雨季节，夏天的天是娃娃脸，说不定东山还艳阳高照时候西边已经是大雨倾盆。无论是雇主还是麦客，都不愿意让已经成熟了的麦子受到大雨的浇淋。所以当麦客们下地开镰的时候，他们会忘了吃饭，喝水，甚至连撒尿也会憋着，即使热的嗓子冒烟也不停下手中的镰刀。到了吃饭的时候，雇主们把做好的饭菜，凉好的茶水，拿到地头上，高喊着开饭开饭了，这时大家才感觉到肚子已经饿得厉害，三三两两地跑过来狼吞虎咽地吃起来。饭饱茶足后，顺手用脖子上搭的毛巾擦擦脸庞，又走进了金灿灿的麦田里。

当父辈们想起他们那时的麦客经历时，虽然有难言的痛藏在心头，但是乐呵呵的微笑总是挂在脸庞。他们说在合作社与人民公社时代，雇主和麦客是有身份差别的，当雇主中午送来麦客渴盼却不愿明言的片片面、白面馍馍和温凉的茶水时候，少言寡语的麦客常常咧咧嘴露出一口的黄牙，憨厚地一笑。因为那时候白面馍馍可不是一般家庭在平常生活中能够享受到的。父辈们比较节俭，常把没吃完的馍放在太阳下晒干了掰碎放进身旁油黑的大布口袋，等麦收结束后带回去给自己的娃娃补充营养。那时也有的雇主以安全为由，常常会推说房子欠缺，到夜晚了领麦客到看护苹果的小房子、废弃窑洞或麦场去住。麦客往往并不争辩，也不乞求，即使躺倒在麦草堆上也如同躺在家里的热炕头，很快便能熟睡。每当麦收完毕，父辈们便揣着或饱或瘪的腰包，带着或喜或忧的心情，背起挣钱的家当，浩浩荡荡地打道回家了，又开始抢收自己播种了整整一年的希望。当打听说父辈们要回来时候，家里或许有年逾古稀的老母以及妻子儿女在焦急地企盼着他们平安顺利地归来，看着他们的眼窝深了，人瘦了，妻子会偷偷地背过去抹眼泪，老母虽不说什么，但是她看在眼里，急在心里，三更半夜里就起来做早饭，荷包蛋一大碗一大碗地盛给儿子，看着儿子大口大口地吃下，心里才欣慰一些。

说起麦客，不得不说三叔，不得不说起三叔的老婆。三叔是个割麦的好把式，他一镰下去半人多高的麦子只听见呲呲作响，然后就很整齐的倒下。三叔还有个特点，就是好晚上割麦，每当别人睡觉时他还会在地里不辞辛苦着。每年当父辈们“赶场”回来，还是要数三叔挣的钱多。有人说他钱挣的再多也是个光棍，整天还不是一个人吃饱了晒太阳。可是那年父辈们去灵宝“赶场”子，十多天下来回来时，三叔身旁多了个女人，那便是后来的三娘。三娘细腰肥臀，走起路来一对奶子鼓鼓地上下颤动着。当三叔带着女人进村时，以往平静如水的村子里顿时变得骚动起来。有人说秃老三你艳福不浅啊，出去这些天咋诓骗人家女子哩。还有平辈的小弟们撵着三娘，跃跃欲试地要摸屁股，可是都在大人的责骂下灰溜溜地跑开了。三叔是个好人，当初给三娘家割麦时，看到三娘家就两口人，三娘的父亲还是个瘫子。三叔就二话没说地包割、包捆、包运到家，后来却一分钱没收。三娘喜欢实受的男人，就连她的瘫子父亲对三叔又是让烟又是让茶的，就这样三娘就成了三叔的女人。三娘也是个女中豪杰，干起农活来有板有眼的，惹得村子里许多男人都骂自己的老婆不中用。结婚后的三叔和三娘每年都出去割麦，两个人和大家出去十天半月的，挣些零用钱回来补贴家用。

二十世纪九十年代以后，收割机慢慢地普遍起来，人们也越来越喜欢这种快捷、省事的机器。几亩麦子几十分钟就到了颗粒归仓的地步。父辈们也不再像过去那样，到了夏收季节成群结队地出去割麦了。故乡处在黄土高原，乡亲们在用收割机收割麦子时，那些“倒麦不能割，套种了玉米、辣椒的麦地不能割，窄地摆不开，山地上不去”的地方，还是需要用最传统的方式，他们和过去那样，挥舞着镰刀，一镰镰地收割着夏天的希望。乡亲们那种“挣钱不挣钱，挣个肚儿圆”的日子已经过去，家家户户都过上了好日子，但是用来收获希望的镰刀，父辈们每年还会在农忙时节擦得锃亮，镰刀磨得锋利，像是在怀念他们那个曾经的麦客岁月……

米脂的婆姨

准备去陕北的时候，我就知道我会在米脂落脚，因为米脂婆姨。

米脂者，陕北重镇榆林市属县。因“地有米脂水，沃壤宜粟。米汁淅之如脂，故以名城。”婆姨，查遍字词典，均未收入该词语，可能是方言的缘故吧。这些年来，米脂婆姨已经成为米脂女人的代名词，而这又不仅仅是代名词，应该说是一种文化，这种文化一直在陕北的小江南上传承着，并发扬光大。

那天当坐上 N375 次列车踏上陕北这片沃土的时候，我的心里就久久不能平静起来，十二个小时的车程，竟然没有一丝睡意，且是异常的兴奋。对面坐着一位女人，五十多岁，打过招呼后，才知道是米脂婆姨，婆姨满口的陕北方言里不仅仅是热情。就这样，我们聊了起来，那位婆姨从安塞腰鼓、陕北民歌、手工剪纸、米脂的婆姨、绥德的汉子，甚至是陕北特有的“n”字形窑洞，都一一说起。从婆姨对这些风土人情的深刻了解中，我发自内心地对她崇敬起来，特别是说到米脂婆姨时，竟然使我的心里为之一震，这也就是我要去的缘故了。到了米脂车站下车后，我一个人在那个小城慢慢地转悠起来，想从生活习俗等各方面用心感受这个小城特有的美。

米脂的婆姨俊俏，这是从古到今有名的。古人曾用八个字来描述女人的美：沉鱼、落雁、闭月、羞花。“闭月”指的就是貂蝉。有历史记载貂蝉为米脂人，这在某种意义上来说，更能体现出婆姨俊俏的渊源。虽然陕北天气干燥，风沙又大，女人的皮肤大多粗糙黢黑，唯独米脂婆姨生得细嫩白皙，据说因为米脂的水土养人。米脂婆姨一个个桃花般粉嫩的脸蛋上，能够弹出水来，一双忽闪闪的毛毛眼更让人心潮澎湃。美妙的腰肢，丰乳肥臀，黑油油的发辫，简直就是天女下凡。我想从这些流传多年的陕北方言民歌里窥见一斑：

> 米脂的婆姨绥德汉，陕北的女子赛貂蝉。
> 棱个曾曾的鼻子花扑棱棱的眼，巧个溜溜的手手那铰牡丹。
> 米脂的婆姨绥德汉，陕北的女子赛貂蝉。
> 红个彤彤的嘴唇白个生生的脸，脆个铮铮的嗓子那赛蜜甜。
> 灵芝草长在黄河边，你把哥哥的心扰乱。
> 梦里头看见你心里头念着你，就想跟你当个婆姨汉。
> 山丹丹开花红艳艳，我那个米脂的婆姨最好看。
> 生的俊来走的端，十个样样九样样走在人前。

米脂的女子不愁嫁。陕西的民俗八大怪有这样一句话：大姑娘不对外。就是说谁家的姑娘到了婚嫁的年龄，即使不出村口，提亲说媒的人便踏破了自家的门槛。登门说媒的人一拨一拨，以至于女子家里的热水烧了一壶又一壶。陕北缺水，有话说到了陕北的农村，农民宁可给你吃个馍馍，也不愿给你喝口水，原因就是严重缺水的缘故。山高沟深，汉子们早上天蒙蒙亮就到沟里挑水，可是太阳到了半山腰上了才回来。旧时，人们的封建思想意识严重，一般儿女的婚事都是父母说了算的，甚至是快结婚了还不知道自己的汉子或婆姨长的啥样。现在，自由恋爱再也不是梦想，再也不会发生父母不同意自己的选择而双双私奔的事来。东家的女子和西家的男孩谈着恋爱，只要娃娃同意家长就不再说些什么，所以每天都在成就着一份美好的婚姻或者诞生着一份最纯真的爱情。男大当婚，女大当嫁。娃娃们决定要结婚后，双方的家长便在一起商议着良辰吉日，让双方的娃娃喜结良缘，花好月圆。说起婚事，不得不说起"米脂的婆姨绥德的汉"，米脂的婆姨和绥德的汉子可能就是天生的一对，地造的一双。在米脂，听说离城区有个叫四十里铺的小镇，是米脂婆姨和绥德的汉子相遇、相识、相爱的地方，此地也留下了许多动人的爱情故事。信天游里唱到：

米脂婆姨绥德汉，
不用打问不用看。
小伙子跑马一溜风，
讨上米脂婆姨乐死人。
石狮子守门钻不进猫，
绥德汉一个比一个好。

我走在米脂县城边上，品味这个小城的生活。无定河从寸草不生的毛乌素沙漠汩汩而出，在这片硕大的黄土高原上蜿蜒而行，留下了两个美丽的小城——米脂和绥德。站在这片世界上最大的黄土高原之巅，脚下是深达百米的黄土。纵目远望，山荒岭秃，沟壑纵横，支离破碎，就像一张饱经风霜的脸。路边遇见几位大爷，都是七八十岁的年龄，正在吧嗒吧嗒地抽着烟锅，聊着生活中的琐事。我走过去，打着招呼给他们发烟，基本上都被热情地拒绝了。原因是他们抽不习惯纸烟，或者说纸烟根本就不能满足他们的烟瘾。大爷们听我是从外地慕名而来的，对米脂婆姨这特别的文化很感兴趣，便给我讲起流传了多年关于貂蝉和吕布的故事来，这可能也是他们家喻户晓的事情。

故事是这样的：吕布在白门楼败给曹操之后，曹操惜才欲留，受刘备挑唆后被杀，貂蝉则被关在静慈庵内，交与刘备处置。刘备既慕其美貌，又恐他人闲言。正在两难之际，关羽看出刘备心迹，怒从心起，一句“大丈夫焉能为女色所困”之后，拎起青龙偃月刀直奔静慈庵而去。到得庵前，一脚将庵门踹开，便要手起刀落直取貂蝉项上人头。此时恰逢天清月朗之时，貂蝉因吕布不幸殒命，正在院内梨树前伤心落泪。明月与红莲相映，梨花与红颜共衬，犹如梨花带雨，红莲沾露。猛然间身后门响，转身回望，只听得咣当一声，但见庵门洞开，一柄青龙偃月刀横卧于地上……

听完这个故事，我又想去米脂县城往西12公里处的杜家石沟乡那个叫艾好湾村的地方了，那里有座山叫作北山，因村北湾内有一奇峰突兀而起得名。听说半山腰上有一山洞，这便是貂蝉曾经生活过的“貂蝉洞”。大爷们给我指了指远远能看到的那个地方，我就启程走去。当到了艾好湾村口时，一位婆姨阻止了我，她说：“那里好久都没人去了，山高荒野的，听说市上准备开发旅游哩，过几年估计你来就差不多了。”听了婆姨的话，我坐下来歇脚的时候，忽然从对面的河滩传来几曲信天游，虽然我经常听信天游的光盘，但是唯有这次让我的心里有了强烈的震撼。那句句是出自米脂婆姨口啊，动听的声音在河两岸悠长地传去，一曲曲火热、率直、纯真的信天游在黄土高原上的沟沟梁梁间回荡，听得让人耳酣心热，犹如畅饮了一杯醇酒，火辣辣地感觉荡气回肠。

“想你想你实想你，三天没咽下半粒米；白天想你屹塄上站，半夜想你挑灯花花看；前半夜想你翻不转个身，后半夜想你吹不熄个灯。”

“听见哥哥唱着来，热身子扑在了冷窗台。听见哥哥脚步响，一舌头舔烂了两块窗。狗娃子一咬鞋底子响，毛眼眼等在窗棂上。”

“鸡蛋壳壳点灯半炕炕明，烧酒盅盅舀米也不嫌你穷。”“一碗谷子两碗米，面对面睡觉还想你。”

“拉上手手亲口口，咱俩一起屹崂崂里走。”

“一对对毛眼眼撩哥哥，满口口白牙对着哥哥笑。”“长腿腿云彩遮不住天，长头发遮不住毛眼眼。”

从河滩里传来的民歌，让我陶醉在那里，这又好像是天籁之音，让我感觉到了米脂婆姨们是那么地清纯、执着、果敢和俊美。时间在永不停息地过去，可是这传唱了一代又一代的民歌却还是那样的绵延和有力。婆姨们随口而出的民歌，是从小就耳濡目染了的，她们没有学过声乐，但是她们在生活中印记下来这样的调子，是那样的淳朴和让人发自肺腑的感动。

在我离开米脂的那一天，我的心情突然沉重了起来，可能是离别与眷恋让我矛盾了起来。在返程的列车上，又想起米脂婆姨，想起她们一曲曲炽热纯真的信天游。米脂有些穷，这是不可否认的，但是在那样贫瘠干燥的黄土疙瘩之间，居然会养育出如此滋润水灵的婆姨，似乎是上天对米脂的特殊眷顾，也可能是自古到今那里就是盛产美女的地方，也可能是那里特有的那般黄澄澄、金灿灿、亮晶晶、香喷喷的小米米汁淅之如脂，滋润的结果。

这次仅仅是第一次远行，我想我还会去米脂，那个让我充满眷恋和向往的地方。

拔牙记

俗话说：牙疼不是病，疼起来真要命。这不，我最近就差点要命了一回。

好久以来，牙一直疼，再是上火，嘴唇上起了N多透明泡。后来顿觉吃饭时牙齿酥软，无力咀嚼。去社区卫生服务站看医生，有一美女医生身着白大褂，让我半躺在拔牙椅上，用棉签看了下，竟然一下子长了两颗智齿，一上一下，且分布不规则，医生建议去大医院拔掉了事。由于疼痛难忍，便做出了一个艰难的决定：拔掉。回想牙疼这些天，常在半夜疼痛难忍，一个大男人起来在客厅里来回踱步，幸亏厨房里的麻椒，抓了一把又一把地填往嘴里，才稍微感觉轻松了一些。

打了出租车，向口腔医院奔。我坐在车上一直用手捂着半边脸，吸溜不已。出租车司机是个爽朗的人，说兄弟你牙疼吧，我说快疼死了，这把年纪了还长了智齿，并且是两颗。司机打开了话匣子，车子一路在二环的车流里穿梭，司机一边给我讲起了他的拔牙史。原来他奔四了还长了智齿，且是没有长出来就疼痛难忍。用他的话说，牙疼的时候让人烦心地抓狂，两天里粒米未进，自己媳妇心疼，让他吃点饭，他就火冒三丈，说是火上浇油。直至现在，媳妇还说他是狗咬吕洞宾——不知好人心。

到了医院，挂号、缴费、拍片、拔牙的人络绎不绝。在等待区的时候，见有男男女女从医疗区走了出来，难受不已。上了拔牙台，在没打麻药之前，和长相魁梧的医生聊了几句，他每天拔牙的人数竟然达200人以上，且大部分为智齿患者。脸部进行局部麻醉之后，医生说在拔的时候如果疼就举手，我突然想起了春晚年三十节目里赵连甲与王刚表演的小品《拔牙》。病人问医生拔牙疼不疼时，大夫说“这要看谁拔，就你这牙搁在别人手里算完了，碰到我算是行了，咱俩有缘啊，你放心不觉（脚）疼”的经典台词。我突然想笑，可是打了麻药的右脸庞已经失去知觉。

护士端来了盘子，盘子里躺着上颚钳、下颚钳等等。拔牙椅上的灯已亮，医生说先试下，开始用拔牙的家伙在口腔里进进出出，一旁的护士一直向口腔里喷着什么。没有几下，只听见哐啷两声，拔掉的那两个智齿已乖乖地躺在了手术盘里，我口里还咬上了纱布，并在一周后来拆线。拔牙还缝针，愚钝的我算是又开阔了一下眼界。

从医院出来，我就变成了“哑巴”。媳妇笑着问我说还敢再欺负她不，我用手机打字说你打我的右脸吧，反正目前麻药未散，毫无知觉，应该抓紧时间有仇就报。媳妇说那你晚上吃饭不，我又打字说晚上让她吃好的，医生说拔牙后不能吃饭。媳妇晚上大块朵颐、风卷残云地享受着美餐，我只能眼巴巴地咽口水了。

长智齿的人很多，有的人经历了疼痛，有的人却安然无恙。有部叫《智齿》的电影里说：“爱情真的是一件十分需要智慧的事情，我们要了解自己，了解爱人，还要了解爱情，我们得自己给自己做鉴定，但是，我们往往要在错了之后才会感到智齿的隐隐作痛。”

第三辑　大地情深

父母亲的爱情

我一直认为，父母这一代人没有什么真正的爱情可言，他们不像现在的年轻人一样自己的婚姻自己做主。母亲说，她30年前嫁给父亲，是受了一辈子苦的外公被奶奶初次提亲时，那当时很稀罕的鸡蛋白面条吃中了。外公就这样，看奶奶家生活殷实，自己的女儿不会遭饥饿之患，在没有听母亲的意见之下就自作主张地把两家的亲事定了下来。

母亲在18岁那年末一个白雪纷纷的日子，被娘家人在唢呐声声中送上了出嫁的路途。结婚已三十多年了，父母亲生育了我们4个孩子，而孩子们现在都走上了工作岗位，这是父母亲最欣慰的。那时常年在外上学，一年难得在家待上一两个月，一个暑假的一天，夏天的天娃娃脸，说变就变，一会儿筛豆子般的雨点就已在院子里打起了水花。我坐在屋子里看书，父亲却站在门口埋怨这鬼天气。“你妈咋还没有回来”？焦急不安的心情写在父亲脸上。我这才知道母亲出去了。刚想起身给母亲去送雨衣，父亲手里捏着把伞已冲向了门外。父亲出去一大会儿，自己一身水地跑了回来。“你妈不知去哪了，这么大的雨，我找遍了都没见个人影。”父亲的眉头紧皱着，用手捋了捋自己头发上的水。

一会儿雨小了，母亲一个人从门外跑了回来。全身已湿了个透，手里捏着小半包旱烟籽。父亲发火了，这是我二十多年来第一次见父亲发这么大的火，他一边给母亲擦身上的水，一边骂道：你不知道天要下雨了吗？还跑那么远的出去，你这是逞啥能哩！你不知道你风湿关节痛，不敢淋雨，我不抽那烟可以，把你病弄犯了我和孩子们的日子咋过呀。父亲的眼睛红红地说个不停，手里的毛巾却一直不停地给母亲擦着头上身上的雨水。母亲笑着说，我看你想抽旱烟想的不行，就去他四爷家给你拿了点籽种，我会有什么事？你看我这身上不是干干的吗？说着就拉着父亲的手放在自己头上摩挲。以后出门要看天色，活了大半辈子别像个孩子似的，父亲还是再三叮咛道。

这件事情过去很长时间了，每当天下起雨的时候，父亲不顾自己钻进雨帘去找母亲，母亲回来后一边唠叨着一边给母亲擦去雨水的情景，在我脑海里一直显现着。人常说：一日夫妻百日恩。父母亲的爱情在三十几年的风风雨雨里，已经诠释在了生活的柴米油盐中。母亲在父亲的千层底上，在一针一线的衣服里，缝织着她无尽的爱；父亲却以“掌柜里”的身份呵护着妻子和儿女们的点点滴滴……

唤醒心底的感恩

去年暑假，刚从一所大学毕业的表弟来玩，作为兄长，肯定得热情招待。我想：表弟毕业了，姨父姨母也该歇歇了，几年来他们供表弟上学，三九寒冬还拉着架子车在十里之外的煤粉厂捡煤矸石卖。在火车站出站口，看着表弟满面春风，一身气派的样子，我不由得十分惊讶。

几百里路的长途，表弟口口声声地喊累，便找了一家特色餐馆给他接风。交谈中，得知表弟还没找到工作。我便问："你来时给家人说了吗？"他顿了顿，说没有。他只是打电话到邻居家，让姨父去三十里外的镇上给他往银行卡里储了钱。我说你出来想找工作还是玩。他说，现在的工作真难找啊，人才市场去过几次，投出的简历都石沉大海，毕业了，出来玩玩，假如以后上班了就没有机会了。

我想告诉表弟，外出旅游的机会很多，而且好地方又是那么多。没想到他自己早已寻思好了路线：少林寺、白马寺、龙门石窟，还有郑州、开封。后来还问了一句："哥，这里离黄山不是很远了吧。"说句实话，长这么大咱真正去过的地方也是屈指可数，上学那时花着父母的钱，根不得一元当作两元花，哪里有想法计划出去好好游玩一番。直到现在，我的生活压力还很大，出外畅游还是空头支票呢。

劝了劝表弟，讲了许多身边的人和事，总感觉到自己的话语是那么苍白无力，他买了一双乔丹鞋就加入了旅游行列，可是我的心很不是滋味。姨父快六十的人了，整天还拉板车，拉绳在瘦弱的肩膀上刻下了道道痕印，姨妈从来都没将自己的风湿关节痛放在心上，冬天里还整天整天地站在煤厂里，用手一块块地捡着儿子的花费。父母含辛茹苦，做儿子的却不懂得报恩，只想着让自己图个高兴。

表弟回家时，我原打算送给他一些东西，可是一看人家大包小包地尽可能满足自己，就去买了些药膏和土特产，让他给姨父姨母捎去，看着他走进车站人流中那一脸的轻松和快乐，我的心反而更加沉重。现在不让他对父母如何好，马上找个工作也能让父母的心情得到慰藉。

作为儿女，在人生的长河中，父母只能陪我们走一段路，仅仅是一段。如何唤醒我们心底的那份感恩之情，应该是好好思考的问题。

想起卖瓜的父亲

在每天上下班的路上，总会碰上四处喊叫着从乡里来卖瓜的农民，这让我又一次想起了那些年卖瓜的父亲。

十几岁时，正是我们姊妹几个都一起上学的时候，也是家里经济“四面楚歌”之时，两个姐姐上大学，我正上小学，每年家里的二三亩西瓜就成了我们秋季上学的唯一指望。家乡地形不好，出门不爬个十里八里的坡，不会到达塬上，所以要想把一架子车七八百斤重的西瓜运上坡，拉牛套车三个人一起也得一个多小时。我们姐弟几个往往是每人一天轮换着跟父亲去卖瓜。上了塬，一个人回家喂牛，一个则在父亲的架子车后面为早已汗流浃背的父亲推车。走到有人家的地方，父亲就一遍又一遍地扯开嗓子大声喊：“卖瓜哩－卖瓜哩，不甜不要钱！”父亲一喊，我就眼睁睁地看着从门里探头出来的人，盼望着他们能说一句买一个的话，因为这样我们的学费不但会多一元钱，父亲肩上的拉绳能轻个十斤八斤。一路走到大街上时，集市上已是熙熙攘攘，找个摊位放下来摆上小桌和切瓜刀，父亲口里又不停地喊着：“走着，看着，好瓜在这里！”心里期盼着瓜从车筐里渐渐地卖出去。

有一天，早晨四五点，天气阴沉闷热，看着熟了一地的瓜，父亲还是决定出门。我和父亲一路叫卖着走到集市上，天阴，街上人很少，至下午四点多，瓜没卖出多少，却下起了倾盆大雨。我们赶紧把瓜挪到了镇供销社的屋檐下，雨还在下着，撒豆子般，直到天色已黑才停了下来。一会儿两个赖皮要买旁边那位大叔的瓜，天黑，看不准秤，他们硬要估个斤两拿走。在那位大叔过秤时，老实的父亲点起自己的汽油打火机去给人家照明，有一个胖子挥拳而来，说父亲多管闲事，挨了一拳的父亲，差点摔倒在湿泥地上，两个赖皮拿着占了便宜的西瓜蛮横而去，而我的眼泪直往外涌。

到了晚上十点多，天空挂起了圆月，可是车上的瓜还是那么多。父亲盘算着连夜向十几里外的另一个集市去。父亲又拉上车，我在后面跟着推，走了二三里，父亲让我坐在车子上，而他脱了早已湿透的鞋，光着脚板一直顺着柏油马路一步步地把我拉到了那个集市上。夜深人静，父亲舍不得钱住旅店，找了小街边上的一间已废弃的护林房。我永远忘不了那一夜，父亲拉着给儿女们换取学费的瓜车，把儿子拉了十几里地，并脱下自己的上衣铺在麦草上，让儿子睡在上面，而自己随地倒下便打起了早已困乏的呼噜。

连续七八年，父亲都是这样，用自己仅有的力气和汗水换来了儿女们如期向学校缴纳的学费。现在，儿女们都已参加工作，父亲却老了，但他还是要种西瓜，等着儿女们回家来一起享用。就在我写这篇文章的时候，小区的家属楼下还有像父亲的声音一样喊着：“卖瓜哩——谁要瓜——”声音嘶哑而沉重。

妈妈您好

这是一个真实的故事，它是我们母爱伟大而又无私的生动事例。

在甘肃乌海固，这个寸草不生，极度干旱的地方，有一次，政府专门用来给村民送水的车子刚驶进村子里，一头老黄牛突然拉断缰绳，从凉圈里冲出来，在路中间前蹄双跪，半卧在路上，无视一直在鸣喇叭的司机，眼睛一动不动地望着车上的水罐，主人追赶出来和围观的人们无论怎样吆喝鞭打，老黄牛还是一动不动，司机无奈，接了小半盆水给老牛喝，老牛却"哞"地叫了几声，一头小牛犊战战兢兢地跳出来，跪在妈妈前喝完仅有的那些水后，老牛才起身领着孩子走向了路边……

牛亦如此，人何以堪？每次想起这个让人哭泣的故事时，我的心里就会浮现出母亲那期待的眼神和我记忆里的点点滴滴。上初二那年，要到二十多里外的小镇上去，学校食堂里连油花花都没有的菜，对我来说都是一种奢望。每周末回家一次，且要带足口粮。那是一个大雪纷飞的周末，当我看着离家近的同学都一个个回家的时候，我坐在宿舍冰冷的硬板床上发呆，肚子咕噜噜地闹个不停。窗外的雪越来越厚，我饥饿的眼泪也在面颊上不停地滑落着。这时一个全身落了层厚厚积雪的女人一瘸一拐地朝着宿舍这边走来，一眼就认出了那就是母亲，全身捂着雪且头上早已结成冰凌的母亲，她背上的袋子里是半袋刚出锅还稍微有余热的馒头，我不争气的眼泪就着馒头一连吃了四个。而走了二十多里雪路，摔肿了左腿的母亲直抱怨自己来得晚了一些。叮嘱了我几句后，就又踏入了那个风雪交加的黑夜。母亲走的那个夜晚，我一个人躺在床上，往日的冰冷已无感觉，一整夜难以入眠。

现在，我们都长大了，有了自己的工作，每天以和母亲不一样的方式生活着，可是在母亲的眼中，我们还是个孩子，在她眼中永远都长不大的孩子。母亲的爱是直接而又热烈的，它不像父爱那样深沉。母亲从十月怀胎到一手把我们拉扯大，到底付出了多少心血，又有谁能够说的清啊！现在，当我们也成为人父人母的时候，是不是又是一个爱的再现和情的轮回呢？

写着写着，心中不免有些酸楚，只想大声地对母亲说：“妈妈您好”！

穿行在鞋底的爱

那天晚上出去散步，忽然想起了穿柜子里母亲给我的那双千层底，虽然现在城市里很难寻觅到穿布鞋的人，但我还是觉得穿着舒服、踏实。

母亲的手巧在村里邻坊是出了名的，小时候每当我穿一双布鞋出去，总会有人夸好，更有妇女登门来要做鞋的纸样。我五岁前，穿过母亲做的猪头鞋、猫猫鞋等，全都是大红的，鞋头上的小动物有鼻子有眼，看上去栩栩如生，人见人爱。记得有次去上学，穿着那双现在记忆还是那么犹新的猪头鞋，正好那天关于捐资助学的澳大利亚友人来校访问，我们小朋友手持鲜花，夹道欢迎。一位四十多岁的阿姨看了我的鞋，连说OK，可那时候我不懂外语，吓得我直向后退，后来那个阿姨通过村长找到了母亲，母亲很慷慨的将比我那双更好的鞋送给了她。

高中以前，都是穿着母亲做的布鞋上学。高中后，学校成了楼房，教室里的水磨石地板上总是湿湿的，布鞋的吸水力又强，常常是鞋面完好无损时，鞋底麻线就断了，所以才换上了旅游鞋。直到大学，学生们好像都是在赶时髦，认为即使是革面的劣质皮鞋，都比母亲做的千层底穿上有面子，所以在校园里看到有穿布鞋的，简直就是寥寥无几。但是我常穿着母亲做的千层底在校园里生活，对同学们投来的那种目光也司空见惯，后来一个叫作“土老帽”的外号成了我的代名词，没有跟同学生气过，也没有埋怨过父母不给我多买双皮鞋，在几年的朴素岁月里完成了大学学业。

走上工作岗位，母亲又送给我一双千层底，比以前的鞋底更厚实，因为她知道走在城市坚硬的道路上让布鞋的寿命就更短了一些。母亲说，你下班了可以在家里穿穿，但上班时穿会让人感觉到你一个年轻人没有生活的朝气。再之，有时陪着领导出去，公共场合也不适合。看了母亲做的鞋子，42 码大的鞋底上，是一针针“纳”过去的，说“纳”的原因就是因为鞋底太厚，缝是不行的，鞋底密密麻麻的就有几千针，并且还是横竖图形排列有序。小时候，母亲总是在冬天的夜晚里给一家老小做鞋子，睡了一觉醒来，她还是在灯下哧哧啦啦地飞针走线。前些日子，听姐姐说母亲得了颈椎增生，可能与那时整天低着头成日成夜地纳鞋底有关，我着急的打电话过去，母亲说以后再也不做鞋了，儿女们一个个都走向了城市，她和父亲一年半载也穿不了几双的。我知道，母亲老了，她的眼睛也不是很好，现在也没有那么大的力气纳那么厚的鞋底了，母亲给我的那双鞋子，应该是最后一双吧。

现在，我常穿着母亲做的那双鞋子，因为在她用针线织就的母爱里，让我感受到了那种在鞋底上穿行的很厚重的亲情。

父亲的窑洞

1974年冬天，爷爷和父亲分了家，父亲所有的财富就是妈妈、半岁大的姐姐和一口小锅。

父亲说他抱着姐姐，妈妈提着小锅走出家门时，却不知道去哪里安个小窝，最后在村西头的八爷家找了口窑洞。窑是破的，经过祖祖辈辈在里面烟熏火燎，且窑洞面坍塌得较为厉害，仅仅是能遮住雨雪而已。那时正是冬天，外面北风呼呼地刮个不停，妈妈只能在屋里的灶台燃一堆柴火，或者把那巴掌大的土炕烧的滚烫，才能抵挡严寒的侵袭。

那时候，父亲25岁，正值年轻力壮、意气风发的年代。在八爷的破窑里度过了冬天，他就寻思着春天里能够开始挖个自己的家。年关的一个夜晚，他买了2斤猪头肉、一瓶红高粱酒去了村长家，我们便就有了块宅基地。虽然那年春节家里都没吃上肉，但是心里比吃上肉更兴奋，因为不久的将来，我们就有了属于自己家了。

我出生的那天，正是家里刚搬进那孔窑洞的日子。妈妈说，我早产，可能就是冲着新地方来的。过满月时候，虽然给邻里相亲吃的是高粱面馍馍、白萝卜汤，但是父亲的脸上写满了欢喜。父亲亲自一镢头、一铁锨挖的窑洞啊，虽然刚抹上了泥坯还比较潮湿，但是木质的窗格格贴上的白纸，白纸上母亲用大红纸剪下的胖娃娃格外耀眼。在有了那孔窑洞后，母亲每天都会在夜幕降临的时候，抱一大捆柴火把炕烧的滚烫，这个简单的家也就温暖了起来。父亲说，他之所以后来又挖了其他的两孔窑洞，是因为有了弟弟，我们弟兄长大后每人一孔，按照习俗哥哥住南弟弟住北，老人在中间。父亲的窑洞是他除了我们姊妹几个以外最伟大的作品，他为了让母亲和我们有个属于自己的小窝，挥汗如雨地将一方方土挖下来，再用架子车运出去。母亲说那时候每当给父亲去送饭的时候，总是一手提着饭，一手抹着眼泪。因为她看着自己的男人不要命地干活，甚至累的连饭都吃不下，总是匆匆地扒几口饭，喝上几口已经凉了的菜汤，就又起身了。有次母亲哭着和父亲吵了一架，那次也是母亲最心疼的一次。母亲说她看着父亲太辛苦，不说话就抄起了铁锨干活，父亲生气了，向她大声地喊。父亲说我累了就累一个人就行了，你每天还要上工（去农业社挣工分），养猪看娃娃，出这样的力图啥呢。母亲的眼泪顿时像溃坝的洪水，说把你累倒了我和娃娃们还指望谁呀。最终的结果是两个人你一句我一句吵了一会儿，两人都没干活。

父亲现在不能干重的力气活，母亲说那是年轻时挖窑洞落下的结果。当第一孔窑洞快挖成的时候，父亲站在自己搭的架子上，背过身修那拱形的窑顶，一不小心掉了下来，造成了后腰损伤。母亲说那天太阳都快落山了，还是等不到父亲回来吃饭，她想着可能是父亲为了多挖些，可是她怎么等也等不到。干完家务活后将幼小的姐姐交给邻居，去找老不回家按时吃饭的父亲。当她走到漆黑的窑洞口时，听不见父亲的动静，只听见凉凉的夜里蟋蟀急促的哭喊。母亲叫了几声，父亲还是没有答应，她就急着向里面跑去。突然母亲的脚碰到了父亲的身上，才知道自己的男人从那五米多高的架子上掉下来已经昏迷。便一边拉父亲，一边“娃他大、娃他大”地叫着。母亲舍不得花钱，准确意义上说家里就没有几块钱。她用偏方在锅里煮了汤药，一口口地喂下，父亲后半夜才慢慢地醒了过来。

母亲还说父亲是个命硬的人，有两次都躲过了严重的塌方，否则的话现在哪里还会有我们呢。当我现在看到父亲高大的身板而腰弯下的时候，总会有一种说不清的感动和忧伤在心里弥漫开来。感动的是在那样的条件下，他不知付出了多少心血和汗水，才有了这个属于自己的家，属于自己的窑洞；忧伤的是他为了这个家，从二十几岁就操劳到现在，落下了多少病根，脸上布满了多少皱纹，才让自己的妻儿有了今天。儿女们现在都有了自己的事业，都从窑洞里走了出来，一年回去不了几次，只有他和母亲还像那时一样，守居在那个醇厚的小山村。唯一多了的就是对儿女们的牵挂。

我是在窑洞里出生，又在窑洞长大。一纸高考录取通知书让我进了城，每天在繁忙的工作之后，一个人拖着疲惫的身体，躺在床上的思绪也变得冰点起来，家里温暖如春的窑洞，烟囱外冒着袅袅青烟，还有母亲热腾腾的粗茶淡饭，无不让我忆起。

陪父母过年

冬天的风是那么冷，在这呼呼的西北风里夹杂着飘舞的雪粒儿。一年过得太快了，在每天匆匆的脚步声中，不知不觉地已到了年的尾巴上。放下工作，可以回千里之外的老家陪父母过年了，也可以和父亲来一次一年难有的“畅饮”了。

酒，当然要买好的，这不仅仅是为了孝敬二老，更重要的是让父亲在整整一年劳作的停息中放松一回。坐了将近十多个小时的火车，终于在行人的步履中到了老家所在的城市，可是家还在离那座城市两三百里外的小山村里。汽车最快也得颠簸三个多小时，何况年关了人多路又滑的，我插上了翅膀的心怎么也和在冰冻的马路上缓缓爬行客车的速度不成正比。刚走到一个隧道口，就因前面出了车祸而堵车，车上的人们都是那么急，可是人越多就越觉得时间过得慢。父母在家急得电话一个一个地打，直到我的手机自动关机。车子在堵了两个多小时之后，终于又开始了自己的旅途。直到我走到老家那个小城车站时，我远远地看到了父亲，在那么冷的天里，父亲竟忘了穿棉衣的身上落上了一层厚厚的雪花，并且一直抻长了脖子在满天风雪中瞪着不太好使的双眼而东张西望。我都快走到他的身边了，他还在焦急地四处寻找。我望着像枯老的树桩一样的父亲，鼻子不由得酸了起来，轻轻地喊：“大，我回来了。”

父亲扭头一见我，已经冷得发抖的喉咙里传出了不多的话语：“娃，你的电话打不通了，我和你妈急得不行，听他们说国道那儿出了车祸。”父亲抖了抖身上的雪，推着那辆每年都来车站接我的自行车，一步步地在咯咯吱吱的小路上，向依然还亮着灯的家里走去。

一到家，母亲已经把在锅里热了多次的饭菜摆到了桌子上，我把两瓶酒郑重地塞到父亲那粗糙而又宽大的手中。父亲拿起来细细地看了一番，然后站起来放回屋里，又抱出来一瓶陈年老窖，说：“今晚咱父子俩喝家里这瓶。”

雪还是在不停地下着，家里却如春天般暖意浓浓。破旧的屋里，一张方斗桌摆在炕上，一瓶老酒，几碟母亲腌制的酸菜。我快活地坐在父亲对面，陪父亲一杯又一杯地喝着。母亲一会儿去灶屋加菜，一会儿又回来坐在那里。看着在她眼里还没长大都已过而立之年的儿子，向他们讲述着自己在外的生活和工作，听得是那么仔细。

父亲老了，嘴里的牙已掉得不再完整；母亲也老了，双鬓的银丝已显而易见。不知什么时候，我的脸上已有了冰冷的一滴水，我弄不清那到底是不是眼泪。为了生活，为了工作，一年三百六十五天里又有多少日子陪在他们身边？除了陪他老人家喝酒，我还能说什么，做什么呢？

“喝吧，大。我知道你不会醉的。”我的话有些哽咽。“娃，过年好啊，过年的时候你就回来了，今晚我们醉上一回……”父亲又把酒杯拿起。

三娘祭

清明时节雨纷纷，路上行人欲断魂。又是一年清明到，这个传统的祭祀日子里，勾起了我心中的思绪。在幽幽的音符里，我想起了三娘，想起了那年的冬天。

冬日的风冷冷的，在屋外郁阴地流动着，雪花一朵朵飘散下来，飘散着一种苦涩和凄冷。三娘死了，小弟急急地跑过来告诉我。已经被病魔摧残得面无血色的三娘在挣扎和解脱中离去了。在尘世中三娘苦度了三十多个春秋，最终到了一个人所不知的世界。

三娘走了，走得不是那么坦然，小弟说三娘在弥留之际，口中念叨的还是她那一双可怜的儿女和三叔的名字。我的泪无声地滑落下来。那是阴历十二月一日，一九九九年冬天，我记得很清楚。三叔不在，他没入冬的时候就去西安打工，听别人说是卖蜂窝煤煤球，工作很辛苦，工钱却少的可怜。他脚上连双袜子也没舍得穿，整天蹬着个破旧的三轮车在西安那个繁华城市的不知名的大街小巷里大声叫卖。她去西安的日子不是很长，三娘就病了，而且病的很厉害，听说是在刚入冬九天的一大早，去河边为自己心爱的儿子洗尿布，把老病给洗犯了。

三娘走了，村里妇孺皆知。善良的乡亲们落泪了：可怜两个孩子，一个刚学会走路一个还要娘喂奶。三叔一个大男人怎能拉扯的大？三叔没有详细地址，更没有电话手机之类，人们只知道他在西安打工，住在三桥镇的什么村，家人派四哥赶快搭长途汽车去找寻。那天晚上，三叔和四哥就一路风尘地赶回来。三叔的头发很乱，脸上还有煤灰，布满裂纹的手上还有几个冻疮，一进门，他就扑向三娘的床边，接着瘫下去。看着年幼无知的孩子，看着已离开人世的妻子，他放声大哭。三娘的丧事办得很快，也很简单，一口棺材一身衣服三根葱四块蒜，没有唢呐吹手和祭奠，就这样一天过去了。第二天天还没有亮，三娘的棺材就被拉到一个叫老坟底的山上。依照旧俗，不上四十岁的人不能埋在老坟的那一片，所以三娘的墓地在老坟那边的一个角落里，看上去很不起眼。三娘下葬的时候，村子里来了很多人，他们都准备给一个生前对他们都很好的妇女坟上多培几掀土，那一天早上天很冷，雪也很大，一会儿三娘那圆浑的坟堆被雪盖得很厚，像一朵开放着的白莲花。

三娘走了，一切负担都压在三叔的肩上，他做爹又做娘，既给孩子做饭又要洗衣服操持家务。有一天，他在箱子里给孩子找衣服时，发现箱底有一张张压得很平的钱静静地躺在里面。三叔又想起了三娘，泪水簌簌地落下，共五百七十八元四角。这是三娘生前平日里一毛两毛抠出来的。她得了病，竟然舍不得花一块两块，听人说，三娘生前曾说过她要给儿女攒钱，供给他们上学，让他们来改变这贫穷落后的面貌。

日子匆匆，如今已将十年，每次回家，我都会给孩子们买些书本什么的礼物，去看看他们写的作业，去帮他们姐弟俩补习功课。十年里，三叔风风雨雨地拉扯着两个孩子，三娘和三叔那张唯一的结婚照被三叔挂到了堂屋的墙上。清明节到了，三娘，你在天堂能听到我思念的话语吗？

丧记

姐来电说，祖父歇下了。

关中一带把老人去世叫歇下。就在祖父去世的前几天夜晚，家里几个人都梦见祖父去世，大家都穿白戴孝。这是不是一个人生活的祖父，魂灵已经提前离开了人世，并托梦给儿孙，让我们都早早地回故乡。前些年，晚上有一种灰鸟，常落在人家院子的电线杆上，叫的凄凄惨惨戚戚。这是一种什么鸟，它到底长的是什么模样，是怎样发出那种听上去让人心里发毛的声音，我至今不得而知。我只知道农村人嫌它叫的晦气。有次家人都躺下睡了，有灰鸟在不远处叫起，母亲就喊父亲，出去驱赶了去。母亲不给我们孩子说原因，让我们好好地睡觉，她却半夜没有睡着。后来我才知道，这是一种传说中的不详之鸟，它的叫声，是把人的魂灵带到另一个世界的号角。

姐来电时，我在郑州。祖父 81 岁寿终。作为家族中最后一位老人，他的去世，结束了祖辈上的一代人的生活。老人的葬礼在故乡是最传统最隆重最具特色的祭奠。我作为长孙，肩上有孙子辈应尽的最大义务。

有人说，一辈近，两辈远，三辈已经叫不见。我一直对这句话产生怀疑。父亲是祖父的儿子，我又继承了父亲的血脉。坐了动车回来，半夜里收拾行囊，第二天一早坐第一趟公交车，从西安的南郊向西郊赶。从城西客运站又沿福银高速向家里去。自从福银高速通车后，彬县至西安的距离仅为一个半小时，可是我总觉得慢。我不知道我的心里在着急什么，甚至心里想着能早点回去，先跪在那里，给祖父烧上几张纸，或者端个盘子，给从墓地里挖坟回来的村上人端上一碗饭。这虽然不算什么，但是我至少是对别人付出劳动的一种感激。虽然村里人都是这样，有老人去世，村里的男女都会去帮忙，男的挖墓挑水，女的蒸馍帮厨洗碗。当我回去才知道，我多年没有回去过的村庄已基本上是杂草的世界，原本宽平的大路就因为人们都离开了，没有多少人能在上面每天走上几回，杂草趁机就长了出来，长的异常茂盛。时值农历十月一，杂草虽然都失去了水分，慢慢地干枯了起来，但是草木的个子都在那里，在冬天的风中刮得东倒西歪。听村长说，村里男女老少剩下不到三十人了。我问了一句，现在养牛的还有多少，村长的回答令我吃惊。四头，含一头刚出生的牛犊子。怪不得杂草长的这么丰茂，原来是牛少了，那时候近千口人的村庄里，家家户户都养牛两头以上。牛在去河里喝水的路上，牛在拉车的间隙，牛在撒着欢子的时候，路边的草常常都被舌头卷入了胃里。

村里有在县城和西安打工的男人，也赶了回来，加入到了挖墓和挑水的行列。我跪在祖父的灵堂前，从父亲手里接过了几张烧纸，蓝色的火焰在纸盆里噗噗作响，然后三叩头，再起身作揖。有人拿了宽宽的白孝来，在我头上缠了一圈后挽了个结。孝的尾巴直搭到我的腰身下面。向亲属们问好，给守灵和坐在门口椅子上的男人们发烟。除了家人，没有人再认识我是谁，也不知道我从哪里来，用一种猜疑的目光看着我。父亲给人们说，这是他的大儿子龙娃，人们才想了起来。男人们说这是龙娃啊，小时候长的不是这样，现在都认不出来了。女人们说好娃哩，咱姑姑侄儿走在大街上，相互见面碰的栽跟头也认不出来。我突然有一种莫名的忧伤在心里翻腾，是我丢了故乡，是我丢了乡亲。这么多年，我不知道我在城市里都忙了些什么，为了什么而整天忙活着。走在城里，没有人认识我，心里有话说时甚至在手机的电话簿里找不到一个人可以倾诉和宣泄。回到把我养了十几年故乡的根，却也成了陌生人。这是一种何等的难过和悲哀啊。

祖父躺在棺材里，穿着七层绸缎，身上盖着毛毯，身边放着粮食包，像睡过去了一样，只是他不再做梦，不再为自己的病痛难受，他以死亡的方式解脱了自己。祖父生在1932年3月，那时淞沪战事结束，蒋介石再次复出，中华民族复兴社成立。1953年农业生产合作社开始，祖父家里有了第一个男丁，就是我的父亲。父亲三十岁时，祖父失去老伴儿。祖父躺在棺材里，躺在这个十多年没有人住过的老房子里，来来往往的亲戚和村上人，都进来烧香作揖。这个土木结构的五间大瓦房，在村里当年是多么地气派，而如今，看上去是那么破败。祖父走了，他曾经做饭的老灶台还在套间的房子里，他曾经抽过的烟锅就放在身边，他曾经穿过的黄胶鞋上还粘着淤泥。我想起，小时过年时，去给他磕头拜年，他给过我皱皱巴巴的五角钱。每当过年的那几天，我站在路上爷啊爷啊地喊他来我家吃团圆饭。而他，现在一个人静静地躺在棺材里，我不知道他在死亡降临时还想说些什么，对自己生活了八十多年的世界还是否留恋。他是曾经的地主老财，而到后来的一无所有，他的生活里难以言说的话都带到了另一个世界。姑姑和叔叔们有人气恨有人心痛，作为失去老伴儿多年的人，儿女们是否真正走进了他的内心世界，没有人知道他一辈子的快乐和忧愁。

祭奠的日子定在了农历的十月一。奠，这个象形字，上面是“酒”，下面是“大”，就是子孙们用酒和吃食，祭拜着这个“大”字。关中人把父亲叫大，是最好的尊词不过。唢呐队声声哀乐，灵堂照应的人站在一旁，来人跪拜完，照应的人就喊，孝子磕头答谢哩。我就磕头，起身，再磕头。门口招呼来客的人拖长了声音，喊着：看客坐。外面照应的人就接上：棚下坐。掌盘上饭的人们就招呼着来客吃饭。搭了帐篷，盘了灶台，杀猪四头，宰羊一只。晌午里是十三个碟子菜，外加吃馍菜四个，一个个地上桌。12点前，招呼来客的吃食是汤泡馍。油汪汪的汤上面漂着鸡蛋饼块和葱花菠菜，鸡蛋饼切的刀法是垂直等边的菱形。负责看客的人们招呼着客人吃好。看客的人都是村方邻居，是父亲奔赴到一家家，磕头报丧请来的，执事的人给每个人合理安排好岗位，完成着这一天自己岗位上的活儿。村里每个成年人都给别人家帮过忙，村里的大部分人也曾经或者将要成为孝子。每个人都有自己的老人，再能成的人也不会自己独自将老人一生最后的大事操持完。单位有人来吊唁，从西安驱车数百公里，一路风尘仆仆，顺着福银高速，再沿着高安公路到了村里。我应该是磕头的，但我的肩上还担着从河里洗完的鱼。进灵堂，礼毕。带领导和同事感受冬天里的村风村貌。给他们介绍在村头的那座建于前清时的庙。初冬的村庄，熟透了的柿子挂在枝头，已经没有人再去摘收，却成了灰喜鹊们最好的补给品。红岩河的水清澈见底，哗哗流淌，水草干枯，曾经的茂盛就在枝干上写着，芦苇摆荡，顺风摇曳，沙沙作响。就是少了来河边喝水的牛群和背着笊篱拾粪的人。

乡村里的葬礼，会随着一代代老人的去世而失去隆重，会随着一代代年轻人的成长而不再记忆。祖父的遗像和祖母的画像端端正正地摆在桌子上。祭奠的日子结束，后半夜是入殓时间。在入殓前，是孝子和各路亲戚最后一次的烧纸祭奠。不到十分钟时间，桌前香火旺盛，桌上纸盆里火苗窜高，哭声悲悲戚戚。这个时候，才能真正感觉到已经失去的亲人离我们是多么地远，他没有吃上自己给做的最后一口饭，没有穿上自己给买的一件衣。人往往就是这样，当老人在世时，总觉得时间还很漫长，不好好地孝顺，不珍惜每次时光，当亲人离世，方才觉得自己有许多话要说，有许多孝心要进，涌上心头的无限后悔只能化作泪水，在面颊和心头肆意流淌和蔓延。入殓是我们最后一次再看一眼祖父的时间，多么地希望这个时间停滞不前。父亲站在凳子上，给祖父把躺着的身子一点点地放平，把身边的烟锅从棺材里取了出来，把祖父口里含的银钱取了出来，用卷纸把棺材的空隙插得严严实实。棺材合上了，且粘了封口。就这样，我再也见不到祖父了，他老人家演绎了八十多年的生活，经历了多少岁月的身子，以合上棺材的那个时刻而悄然无声地谢幕。留给子孙的，只有看着桌前的遗像一点点地回忆。

祭奠的前日，孝子们要去逝去的先人的坟里请灵位。村里人叫作请主。家族人多坟大，从十二栓到滩边，从龙眼头到园子，从大洼到小洼，只要是后人们知道的祖先的坟头都要挨着请到，请他们回到家里，让子孙们告诉他们，祖父已经去了和他们一样的世界，祖父还是个新人，许多事情还需要他们祖先们照顾着，引导着。傍晚，请主的队伍归来。孝子们全部身穿白色孝服，扶着柳树枝做成的哭棍，按照辈分两人一排，依次排开。女人们头包白色纱巾，哭成一片。父亲作为长子，走在最前面，母亲作为长媳，由执事的人引着，手持稻草，在唢呐《祭灵》的哀曲中慢慢前行，直到把祖先们的灵位都迎回灵堂。我一直认为，这是村庄里最隆重的礼节，祖祖辈辈这样传承了下来，村里人一辈辈地迎送着老人的魂灵，这种具有传统意义的民俗方式，是从多少年前起始，直到村里消失，任何人都不会改变。当一个人从出生的那一刻，哇哇啼哭着来到这个世界，经历一辈子的酸甜苦辣，到老去子孙们悲哭着，以最高的礼节送上最后一程，这是一转眼的时光啊。

我不知道，父亲是在祖父去世的那个深夜里，给祖父做了一盏挂在坟头上的灯笼，就连白色的蜡烛，都稳稳当当地栽好了。村里有个风俗，就是在老人埋葬后的三天里，每天晚上要去坟上点亮灯盏，让逝去的亲人在去另外一个世界的路上，不再是黑暗的世界。祖父活了一辈子，父亲从来未给祖父红过一次脸，没说过一句让老人伤心的话。父亲不多言，把祖父的丧事处理的妥妥当当。难道这也是对早年就去世的祖母的一种怀念吗？我从来没有问过父亲。我担心勾起他好多年埋在心底那些伤心的回忆，我宁可让父亲的回忆随着时间的转移，在自己心里化为乌有。祖母去世于30年前的一个暴雨夜，那年我两岁不到。祖父去世后，父辈们一致的意见就是给祖母加祭。祖母一辈子生育了八个孩子，家里内内外外，处理的妥妥当当，还没享上一天清福就死于非命。1983年5月的一个雨夜，祖父一家还在原来老屋住，祖母是个勤快人，为了半夜里给牛槽里添夜草，自己就一个人经常睡在牛窑里。突然夜半暴雨，山洪暴发，窑洞坍塌。事情发生后，村里人都跑来相救，用手刨坍塌下来的土块，也没能救下祖母的命，槽里的牲口也同时死亡。在30年后祖父去世时，给祖母加祭，一是为了纪念祖母，二是为了感谢村里当年参加抢救祖母来帮忙的人。那天村长说这些话的时候，我就跪在地上，给村里的人们磕头谢恩。村里的人在三十年前的夜里，不顾个人安危，不计平日仇怨，把救人当成了天大的事情。他们是村庄的英雄，他们是那场灾难的拯救者，他们是我们家族不能忘怀的恩人。大自然是无情的，它不知道会在什么时候，会对人类有不同的报复。具有生命的人，在大自然的魔掌中显得是那样地无能为力。自然的造物不是永远和完美结合在一起，在某种时刻和场合会显得异常狰狞。据有关报道，某年全球共发生245起自然灾害，数十万人丧生。灾难过后，给失去亲人的家庭来说，带来的无比的伤痛和记忆。祖母的死，让家族顿时失去了主心骨，何况那时候四叔才七八岁，还是个需要母亲照顾的孩子。我在给棚下面吃饭的人们一叩首，二叩首，三叩首时候，我看见三叔家的小儿子还在那里吃着自己常常吃不上的肉。他的眼神在看着别人的时候，总有一种说不出的抑郁和胆怯，让人有一种心灵震撼的难过和怜惜。就连他的名字，江虎也是祖父给起的。祖父从老大和老二家孩子名字的字里，各选了一个字给老三家孩子就把名字起好了。我也在想，当年祖母去世时，四叔还是个穿着开裆裤的不懂事的孩子，他看着眼前山崩窑塌，电闪雷鸣，大雨倾盆，众人相救的情景，会在脑海深处带来多少不可磨灭的印记啊。

祖母去世时，父亲还在医院里。父亲没有亲自送自己的母亲，走完人生最后的一程。这也是我所说的，他心里深处伤心的回忆。只是已经年过久远，自己也是60岁的老头了，我作为儿子，不能再提及的事情。红道是父亲的仇人，从我记事起我们两家就不再说话，也就是那年，他和自己年富力强的儿子把父亲打的头破血流，大脑受损，后来几经治疗才得以痊愈。知道这些事，也是我这次回到老家，和父亲一起整理他当年一直挂着锁子的结婚时唯一家当，红木箱子时发现的。他那时写了一沓沓的申诉材料上面写着："乡公社，某年某月某日我村村民史红道，用耕犁从我家晾晒麦子的场院里犁过，我找他说理，他和自己儿子史西涛把我打伤，我住在了北极地段医院，就连我母亲去世都没能回来，经检查脑部受损……"我不忍心再看下去。薄薄的纸张已经霉烂，我只问了父亲，这些资料还要不。他说你看没用了就扔了去。我扔了那些纸张，我也想扔掉父亲那时的痛苦，不想让他再一次看到这些自己当年心酸的事。母亲说，就在祖母去世的前一天，还来问父亲的伤情，还去找村主任评理，还帮我家把地里收割下来的麦子一捆捆地向场院里背。

祖母的画像摆在桌子上，她那时基本上没有照过像，像是后来电脑合成的。母亲给我说，你奶的照片和她那时一模一样，你好好看看。母亲之所以这么说，是因为祖母生前最疼爱我，而到了我有能力尽孝的时候，她却早已离开人世。我那时小，仅仅记得她葬礼的那天，院子里的临时锅灶上煮着牛肉，驴肉。姐姐带着我坐在厦房的台阶上，直流口水。母亲说生下我的那天正好是大年夜，祖母来不及做饭，就带着一块银元跑到家里来，说她有牛牛娃孙子了，把银元用红布包了，给我戴在裹兜上。祖母的坟在十二栓的地里，每年大年三十，母亲不到下午就催促着我们孩子们去给祖母上坟。每次她做了好吃的，在祭灶神的同时，也给祖母盛上一些，口里念念有词地说："妈呀，你也吃些，现在过上好年景了。"

祖母的画像和祖父的遗像共同摆在那里，桌上白烛落泪，火苗跳跃。在奠礼的那天夜里，请来了乐手队给他们老人家唱戏。祖父一辈子是爱听戏的，那时镇上唱戏，祖父早早地就坐在人群里，直到看的心花怒放，过完瘾为止。我不知道祖母有什么喜好，我想她也是有爱好的，只是那时家里负担重，人们都不分昼夜里为了养家糊口罢了。大家轮流着点戏，乐手队吹拉弹唱。《三娘教子》《金沙滩》《祭灯》《十五贯》《下河东》等轮流登场，时而高亢奔放，时而曲调悲戚，凄切感人。尤其是乐队里戴眼镜的女唱手，无论是传统秦腔戏，或是民乐，都唱的字正腔圆，清脆明快，是南北二塬乐手队为数不多的唱戏好手，听说年轻时还在西安易俗社当过台柱子。

因为祖父的去世，我再一次地跪在故乡的土地上。从我进门第一眼不被大家认识，到参加祖父的葬礼，我一次次跪着，给祖父磕头，给逝去的祖先磕头，给村里来帮忙的乡亲磕头，给祖父舅舅家的人磕头，给故乡这片养育了我的土地磕头。我究竟磕了多少头，我这个祖父的长孙，早早地逃离了农村的生活，在城里做了一个不是城市人的人。村庄里的有些风俗，看上去有些愚昧和原始，但这是村庄历史上延续下来的被家家户户记住的东西。在祖父下葬的那天早上，天有阴雨洒下泪，河有泛水呜咽潮。看着祖父的棺木慢慢地放进墓窑里，他老人家将在那不大的地方，化为尘埃。墓窑边放了五个吃食碗，点了面做成的清油灯。祖父坟茔的慢慢隆起，我是想给祖父多埋几掀土的。一掀掀地端起，再弯腰，再端起。这是对祖父最后的告别，我永远都见不到了。祖父和祖母在人世间的生活时间短了一些，他们会在另一个世界里相逢，安好，永生。

改学

改学是从纪家山的沟里滚下去死亡的。每到冬天，改学就去山上割枯了的野草，用来冬天里烧热炕。冬天得炕热，人才能睡个好觉。如果到谁家去，炕不热，人就待不住。冬天里天寒地冻，地里没有多少活，串门子的女人就找个热炕，坐在一起比谁纳的布鞋底好，花纹多，针线细。男人们没事的时候，就围在阳坡旮旯，在地上画了四方图，几个人在一起玩一种叫作“定方”的游戏。谁的柴棍子走的快，谁就赢上一局。也有人找个热炕，盘盘腿儿围在一起，凑花花，比点数。村里人不要钱，由主家抓一把玉米豆子过来，谁赢了，就给对方玉米豆子，最后比谁的豆子多，谁就是赢家。改学从来不参加这些活动，他有空的时候就腰里缠个划子绳，把磨锋利的镰握在手里，卷个纸烟出去，在山上一捆捆地割柴，然后背回来。还没到三九半，改学家稍门外的场院里，就堆起了一垛圆浑浑的柴草垛。等炕凉了下来时，改学的老婆王老虎就出去抱上一捆，填在炕洞里烧了，再提上两篓柴沫子，用灰埋了，炕就能热上一整天。

有天改学出去，多半晌没回来，晌午饭在锅里都煎了几煎，还是等不住。王老虎就让小儿子振民出去找，改学经常性在离家不远的纪家山割柴，振民就站在硷畔上大呀大呀地喊，却喊不见。要回去的时候，看见了自己家的那把镰，在荒洼的柴草堆里扔着，镰刀旁父亲割的柴一撮撮地放着，合起来能背上一大捆，烧上三次炕也用不完。沟边上有鸟儿盘旋着鸣叫，振民心慌，连滚带爬从山上下来，只见父亲卷缩在沟下面土壕里。振民连哭带号地从沟里跑出来喊人，等村里人去，改学身子已经硬的舒展不开来，没有了一丝气息。

改学是从山上滚下来的。他总是为了能割到岩洼边上别人没有割上的草，草虽枯干，但个大秆儿粗，草籽结块，这种柴谁都喜欢，割一捆能当一捆的事。不像梭草，割回来看着一捆捆地，点着了火焰虽很高，但是经不住烧，偌大的一捆烧的草木灰比不上其他的一小撮。改学为了割到一捆好柴，脚下踩空从山顶上滑了下来。村里人用架子车把改学拉了回去，每过一家人门口，都燃起了一堆火焰。这是老传统，有人说为了驱邪，也有人说让死去的人好随着火升天，反正这个传统就延续了下来，直到今天。就像去镇上给改学买棺材，拖拉机拉回来的时候，棺材上盖着一片红布，这块红布就是告诉路过的人家，这仅是空空的棺材而已，里面没有逝去的人。

那时我还是孩童，在天黑夜晚的时候，常常胆怯地一个人不敢路过纪家山的沟。每每走在那里，我总是心虚，大脑里放着电影般浮想联翩。我常常想，改学就一直在沟里，像林管员一样不分昼夜地守在那里，守着自己还没有割完的柴草。往往在走夜路时，觅食的黄鼠从我脚下嗖地蹿过，我把自己先吓个半死，心跳到了嗓子眼。我想黄鼠也是害怕的，它以为我是逮黄鼠的人，以逃窜的方式躲过了一命，而不至于被人剥了皮，自己的肉被扔给看门的狗美餐上一回。第二年夏天，我常常去瓜地里看瓜，每每还没到沟圈的路上，就扯起嗓子唱秦腔，唱还没学会了的歌谣，唱着唱着，连我自己都能听到嗓音里带有丝丝颤音，我这胆小的人呀，确实没有多少出息。

王老虎

改学死了后，王老虎没有了硬柴草烧炕，腰更弯了一些，两只手相互在上衣袖管里握着，四处跑着找热炕。王老虎本名叫什么，我至今都不知道，只是她在村里脾气很大，没人能惹得起，手背上还有用烫针刺的纹图。人们就给她起了个别名叫王老虎，这名字叫了至少有半个世纪。

王老虎在农业社里当过妇女主任，甩手掌柜当习惯了，整天指挥着村里的妇女剪羊毛织纺线，在场院里颠着簸箕收秋粮，稍有懈怠和不听话的，就没有了工分。有妇女想给自己家的自留地偷点颗粒大的籽种，便穿了双大头鞋，在别人不留神时一粒粒地把豆子灌进了鞋洞里，这些都被妇女主任火眼金睛地看到了眼里。放工时，王老虎不让大家走，说场里的庄稼少了，得检查。心里踏实的女人都翻开了衣兜，脱掉了鞋子，只有偷豆子的女人站在那里，脸憋的通红，左右不得。在农业社里，这些行为轻者被扣掉工分，重者要在全村社员大会上被批斗和做检查。妇女求主任放过自己，说自家自留地里的庄稼年年都长不好，后来才知道是籽种的原因，一把鼻涕一把泪地诉说家里孩子多粮食少吃不饱肚子三岁大的孩子几次都饿晕了过去，说这些，都是为了让妇女主任不处理自己。

王老虎坚持要上报生产队长，要把偷豆子的女人在村里当典型，让全村人都知道她是“贼娃子”，罪名就是偷生产队的救命粮。这样不但要被批斗，而且还要在各生产小组被牵着游行。再严重就是要报到乡上的革委会，得到全乡的各生产大队挨批斗教育。妇女大哭，她不想为了一把豆子被拉到自己娘家门前，这会丢尽了娘家人的脸。后问妇女主任怎能轻饶自己，王老虎想想说可以，就是帮她家的那头肥猪拾一个月猪草。猪草是农业社的苜蓿，女人就每天半夜里，去农业社的苜蓿地里给王老虎家的肥猪偷苜蓿。

王老虎前半辈子享了些福，后半辈子却不是那么如意。先是死了老汉，前两年大儿媳妇又去世。大儿媳妇是个可怜人，身体肥硕，不识文字，每天就放着几只山羊，早出晚归，买个化肥籽种时，就卖上一只羊来补贴家用。有天在洞子沟旁的十二洼里放羊时，从半边崖里掉下去，没钱救治，回去在家里躺了不到半年就丢了命。王老虎原来和儿媳妇总爱为一些鸡毛蒜皮的事情吵架，娘俩谁都不让谁，全村里总是听着她们在嚷嚷。儿媳妇死了，王老虎哭得最厉害，她口口声声地都在说着儿媳妇的好，恨不得用自己的老命去把儿媳妇换回来。我那次回村时，只见她一个人顺着村里长满蒿草的路上，一会儿走走，一会儿停停，口里断断续续地在说着别人听不清的话语。我不知道她在寻找什么，还是想把什么丢失的东西找回来，她在史家河这个村子里生活了多半辈子，没有她不清楚的往事，没有她不知道的地方。大儿子领着孩子去了城里打工，好久不回来。我路过她身边，喊了一声老王奶，她一直盯着我看，说这是谁呀，你看我这老婆子死也想不起来。我给她说了，她哦哦地答应着，一直走着路。我跟在她后面，她突然扭过头来问：这娃你知道村里离县城需要走几天，我家老大把娃带出去多半年了也不回来，地都快荒完了。

葱娃

葱娃姓李，是红道家老婆，我家邻居。自我记事起，我们两家就不说话，两家庄基之间就竖着一堵高墙。小时候，我为了能摘到树上的杏子，就骑在高墙上。墙上的土，溜到墙两边的地界里，父母骂我让下来，葱娃看见了不说，但是脸色也不怎么好。这堵墙已竖了十来年，就像两家的“国界”，我不能在上面肆意地玩，就知趣地下来了，身上沾满了土。

葱娃家门前有棵大香梨树，我们小孩子嘴馋，每年到了六七月份，香梨大葫芦般金黄地挂在树上，无不令人惹眼。每有人路过，手就痒痒着想摘个吃。有时候趁着她下地，我们就假装着路过，怀里揣一块石头，朝树上一扔，香梨就哗啦啦地掉下来好几个。我们拾了，迅速撤离，躲到一个不被人发现的地方狼吞虎咽，口水和着香梨的汁水流满衣襟。我们偷梨，但是很少拾掉在树下面的，因为葱娃常给自家门前的人畜能吃的东西上抹老鼠药。我家的几只鸡、一头小牛犊就上了当。鸡在外面的地里刨食吃，吃到了老鼠药，一会儿就鸡冠发青，走路跌跤，羽毛蓬起，精神不振，窝在角落里打着盹儿。母亲把鸡捉了去，从刀片割开了鸡素子，掏出来一大把麦粒，给鸡洗了胃，缝了针，半晌鸡才缓过神来。有天村里的捉苗和几个妇女路过香梨树下，看着躺在地上的香梨又大又好，便捡起吃了后，头晕脑涨，两眼发黑，心悸气短，腹泻呕吐不止，家人喊了村上的赤脚医生来，看着有食物中毒状，便问半天里都吃些什么，捉苗说在葱娃家门前的树下拾了只大香梨吃后才有如此症状。医生让人去葱娃家问情况，原来葱娃总嫌过往的路人吃自家香梨，便摘了几只抹药后放在树下，重点目标是我们姊妹几个。

后来，我们要拉着牛去犁地或去河里喝水的时候，只要是路过葱娃家门口，就用手提着牛的笼头，不让牛吃属于她家地界上的一口草；我们小孩想着捉苗食物中毒时那难受的样子，还差点被拉到镇上的医院里灌水洗胃。我那时在镇上的医院里见过人喝药中毒时洗胃的样子，鼻子里插了管子，直通喉咙，管子里直进水，胃里的污物就吐了出来，病人痛苦的样子真是难受之极。我们和村里的孩子们一样，谁再也不敢轻易地捡树下的香梨，路过葱娃家门口时，即使香梨唾手可得，我们垂涎三尺也不敢再轻举妄动，香梨看着我们，我们看着香梨，心里痒痒着，最终还是硬气地走过去，最多是多看上几眼罢了。

我一直不知道我家和葱娃家为啥不说话这么多年，直到上次我和父亲在整理家里的箱子时，看到了父亲一九八五年写给镇上的反映信，这封信在箱底尘封了二十多年。信中说，麦收时节，葱娃老汉“弓腰子”犁地回来，犁了我家要碾麦子的场院，且和自己的儿子把我父亲打伤并住进了医院。父亲给镇上写信，主要是让镇上派人处理此事，另申请一部分资金用于治疗。我不知道镇上是否处理，是否给予了父亲医疗费用救助。这么多年过去了，葱娃家还是父母的仇人。母亲常常说起来，显得还是那么激动。那时父亲住进了医院，母亲一镰镰地割着家里的十几亩麦子，葱娃还跑来嚷骂，说她老汉的衣服被父亲撕破。母亲走到哪里，她就跟到哪里，跟屁虫似的，重复着那几句话。

葱娃家曾经锁门去了西安，把家里的盆盆罐罐全部都搬到了大女儿家，粮食也没有多少，一架子车拉的干干净净。在西安没待上半年，又回到了村庄，本来就没多少家当的屋里显得更加空空荡荡，甚至连粮食都吃不上，隔一段时间就去镇上买一袋面粉回来。葱娃给村里的妇女们说，种地多累啊，地又打不下多少粮食，还得下种收割磨面，镇上买一袋面粉两个人还吃一段时间呢。葱娃说这些话时候，有种说不出的自豪，大家听了都笑笑不说话。爱种庄稼的人，把地一遍遍地犁，地就松软了，再买上几袋化肥，庄稼也就长的旺了。不像葱娃家那样，每当到了种地的时候，从不犁地，从炕洞里、厕所里铲了些草木灰肥，把籽种撒在地皮上，用锄头薄薄地埋进去，就了了事。她骗了地，地就亏了她，同样等级的地，不同的人种出来，庄稼也就不一样。有人割完一亩地，半人高的麦草捆子就拉了几车子，有人却只有毛驴背上驮的那一点。

文博

文博比我大不了几岁，我们是小时候的玩伴。常常在一起捉迷藏、做链子枪、扑蝴蝶，掏鸟窝，甚至还玩女孩子的踢房子、跳皮筋等游戏，每天玩的都是那么酣畅淋漓、不亦乐乎。捉迷藏一般是在大庙前的场院里，场院里有麦草垛大大小小的十几个，很适合隐蔽，常常是让找的人顺着垛口，转了十几圈，也找而不见。也有人从麦草垛上爬上去，藏在垛上水冲的柴坑里，怎么也令别人找不见。找不见的人，我们就不再找，悄悄地站在边上听动静，听那里的麦草上沙沙作响，便顺着声音过去，一准抓个正着。做链子枪和跳皮筋的松紧带来自于已经布满补丁的架子车内胎。要做一条长长的皮筋，就拿起剪子，顺着内胎完整无缺地剪一圈下来，两个人把皮筋套在腿上，各站一边，几个人来来回回欢实地跳着。

有时候，我们只顾在麦草垛上疯着玩，把人家的麦草差点掀翻。有主人追了来，揪起我们狠狠地骂，就剩下再给两个巴掌，只是都是些低头不见抬头见的村上人，才手下留了情。麦草是牛在冬天的全部粮草，尤其是正月里人还沉浸在春节里的时候，麦草不多的人家，牛的粮草就捉襟见肘了。我们这些孩子，把人家摞在一起，没受雨淋，干干净净的麦草弄的满场都是。有次我们掀翻了别人的垛顶，我们的家人都不约而同地拿着铁杈，不但一点点地又摞了上去，而且还给别人赔了礼道了歉，我们经常就这样闯祸。往往天黑了回去，知道自己做错了事情，吓得大气都不敢喘一口。有人挨了母亲的扫帚把，有人挨了父亲的鞋底抽，有人站住不动就重重地挨了几下，有人被追着跑，父母在后面追，只见小孩撒腿一溜烟地跑远，家长也就消了气。挨一次打，我们就能乖一段时间，知道给家里人帮忙，干些自己力所能及的事。

每当初夏，蝴蝶多了起来。翅膀阔大、颜色美丽的蝴蝶常常落在花瓣上，四翅竖于背部，腹部细长，陶醉地吸着花蜜。我们一群孩子就四处在草地里追逐着蝴蝶，手里拿着自己的外套捕罩。正在大家追着四处飞舞的蝴蝶时，文博脚下踩了空，从自家十几米高的崖坝里掉了下去。我们一群孩子吓的尖叫，四处喊人，文博掉下去，鼻孔流血。有人喊：快去韭菜地里弄些韭菜捣碎，让那几个娃娃尿到碗里。我们小孩子已经吓得尿不出来，滴滴答答地只有那么点，一圈下来，碗里有了多半碗，给文博灌了下去。后来才听人说，童子尿和着韭菜汁，在人受到惊吓、跌岩时服用，具有轮回酒、还元汤的作用，给文博补阳气。我到现在也没弄清，文博喝了我们几个小孩子的尿后，真正到底起了多少作用。

直到今天，文博的右脚走路时还有些跛。他们一家早早地搬到了县城，这些年也结了婚，生了子，两口子在西安建西街开了个家电维修店，日子过的红红火火。上次见了文博的父亲，明道叔。他说他常常在西安城的大雁塔下晨练，走长路，打太极，安身静气，强身健体。他已经不认识了我，即使我们父子俩打个照面过去，谁也认不出谁。他七十多岁的人了，还经常回村里来，在长满蒿草的院子里一点点地铲草，收拾些柴火烧炕，美美地睡上一觉。这么多年泥胚子做成的土炕一点都不潮，一直在等着自己家的人，只要给它烧一把火，它就温暖起来，暖和一夜。我和文博聊起小时候的故事，他和我一样都在心里藏着那些已经逝去的美好。我们至少还是幸运的，有一群孩子一起在故乡的怀抱里，度过了难忘的童年，让村庄的记忆深刻地印在大脑里，这是多么天真无邪的幸福啊。文博说，咱们的孩子是感受不到咱们那个时候的欢乐了，已经没有了那么多孩子能聚在一起，还玩那些传统的游戏。他说这些话的时候，脸上写着一些无奈。

书课

书课是个命苦人，自幼丧母，中年丧父，下了半辈子煤窑，本该歇歇时却把自己的命送到了小洼的深沟里，无不令人怜惜和悲伤。

书课在煤窑经常性上夜班，白天就回来在家里忙前忙后。那天推着车子去镇上买化肥，从大小洼上去，人得推着车子，在曲里拐弯的山路上走十几里，才能到塬上。回来的路上，书课的自行车后座上还搭着一袋化肥。骑到小洼下陡坡拐弯时，从荒洼里冲了下去。直到半夜里，妻子会娥等也不住，躺在炕上总感觉凶多吉少，便出来喊人顺着赶集的路找去。从崖头山上去，经过狼渠、小洼、大洼，直到上了四坡岭，也没见个人影。另一路人从各沿路的亲戚家也归来，都说没去。夜半三更，寻找的人一路喊着书课的名字，喊一声，静下来，听一下，还是没有一丝回声，哪怕是很弱的一下。

每走到沟边，人们都在沟里仔细地看。快到天亮，终于在小洼的沟圈地下看见了在荒洼里的自行车，被一棵树拦住，自行车已经断了大梁。书课躺在沟下，已经没有了呼吸，寒冬腊月，在这荒无人烟的沟里，书课掉下来已经有整整一夜。化肥袋子早已被酸枣树划破，尿素粒儿顺着书课掉下去的地方，撒了白白地一条道。

书课下了半辈子煤窑，一个班都没有旷过，能多干就多干。他在煤窑也出过事，曾被塌下来的原煤压断了几根肋骨，也就是那次，自己有幸捡回了一条命，有几个工友却丢了性命。二十多年啊，煤窑里挖来的钱改变了自己家的境况，原来在山上的半截窑里住，连风都挡不住，而后在园子的平地上也盖起了五间红砖大瓦房。他从小就没了母亲，吃不饱，常常在村里偷玉米棒子吃，给农业社放羊时多次饿晕在山坡上，羊吃饱了肚子，顺路过来了，却不见书课，有几次醒来已是星光满天。

书课是个直性子的人。有次给上初中的女儿送干粮，媳妇做了凉粉，就用碗给女儿带了去。等女儿下了课，就等女心切地打开让趁着新鲜吃了去，女儿要面子，拒绝了父亲。书课一气之下蹲在学校的教学楼后面吃了，把碗用袋子装好，骑着车子回来，连零花钱都没给。女儿初中毕业，上了西安的三资学院。毕业工作后找了外地的老公。书课去世后，哭得最难过的是自己的女儿。只有女儿知道，自己的父亲是那么地疼爱自己啊。

上次给祖父送葬的路上，路过了书课掉下去的那个窄要险路。去年村上修路，已经拓了宽，拖拉机都上上下下地跑个不停。扁娃家的聚宝见人就说：我书课大就是从这里掉下去的，一直滚到了沟底下。聚宝小学没念完，个子高，爱说话，烟瘾大，村子无论有啥事他都去现场，当村庄的年轻人渐渐少了下来时，确实需要这样的人，总是会给人帮上大忙，就像那天他把书课从沟底下背上来一样。

栓稳

栓稳是村上的赤脚医生，常常背个棕红色的药箱子走在村子里的许多人家。那时候我们还小，谁哭闹着不听话的时候，大人们就说：你哭么，你看栓稳从纪家山下来，给你打针来了。小孩的哭声顿时戛然而止，从地上起来，扭头就向窑后顶子跑。在小孩的心中，栓稳就和大灰狼一样，每每在自己发烧感冒咳嗽可以不用早起去学校，还可以在家特殊对待有好的吃食时，栓稳就背了药箱子来，先是用手摸摸头看看是否发烧，让张开嘴巴“啊——”的一声看看舌苔是否红肿，这才从箱子里拿出用报纸包了好几层的体温计，在空中甩几下让夹在胳肢窝里。药剂是安乃近、甘草片、感冒通；针剂往往是柴胡、抗病毒之类。当小孩看着栓稳拿剪子头把针剂的小玻璃瓶敲开，拿着针管吸进去面向空中推排着里面的气泡时，这时打针的小孩已经被大人拉着双手，扒开了裤子，压着脖子，就等着针管子从小孩软软而又厚厚的屁股蛋上扎进去。小孩哭，医生哄，说完了完了，其实才扎进去注射了一点。

有个朋友说，等你有娃的时候，你就会感到痛并快乐着。他说几个月大的小孩半夜里发烧，吓得一家人惊慌失措。出门在外，抱着娃，这会儿恰恰就是等不来出租车，站了好久来了一辆，直接要价到儿童医院五十块，他连回答都没回答就坐了上去。还有一次，他在坐车的时候要了一位出租车司机的电话，说半夜里如果小孩发烧了是否可以电话叫车。果然有次在半夜里派上了用场，司机来，从南郊连闯好几个红灯，把娃送到了医院，还没收钱。孩子小时总是感冒发烧的小病不断，最终买了辆车算是给随时出发带来了方便。城市人和村里人不一样，得小病也总是要上大医院，而农村人小病从来不去看，实在是不舒服了影响下地干活了才去栓稳那里包点药。我们姊妹几个小时候长的皮实，一般情况不去栓稳那里，也没有半夜里被父母抱着走夜路，急匆匆地敲人家大门。

栓稳家原来在狼渠下面的旮旯里，离我祖上的老庄基高了一个崖头。他们弟兄三个住在一个大院不同的窑洞里。栓稳家的窑门上歪歪扭扭地写着：史家河村卫生室。他家的炕边就是打针的床。针管是老式的透明玻璃，男人用了女人用，老汉用了娃娃用。每个人在用之前，他总先在碗里倒上热水，泡个几分钟就消完了毒。一张三斗桌子算是施展自己医术的大舞台，有人来，他就放下手中的农活，坐下来摸额头看舌苔听叙说，这个来了，那个走了。有刚打过针的小孩在哭，有家长用手揉着刚打过针的针眼，甚是热闹。

栓稳家后来在园子的平地里盖了新房，诊所也专门腾出来一间房子。那几年不到两岁的小外甥常常是诊所里的常客，有次是除夕夜的后半夜高烧不止。抱去不便，我只能穿衣出门硬着头皮去叫医生来。栓稳给全村人诊治着伤痛，甚至还有河对面赵家沟口的人也来，林家河的人也来。我半夜里出门走过滩里，上了麻池台，就到了园子。栓稳辈分高，也不是出了五服或沾亲带故的自己人，但我得把人家叫爷。但还不能栓稳爷栓稳爷地喊，那样叫了人家的名字。他在弟兄里排老二，所以就敲了大门，二爷二爷地喊着，直到房间里应声灯亮。栓稳的医术来源于祖传，祖上开了药铺，他也就学习了治疗头疼发热等小病的手艺，从来没经受过正规的培训。但是村上仅有这么一家，他是全村人的医疗起点站。有人在镇上的医院里看了病，开了针剂没法注射，还是拿来找栓稳。也有老人颤颤巍巍地拄着棍子走来，说腰痛腿痛晚上躺下来全身都痛，要买几片止痛片。在我那时候的记忆中，止痛片是一种神通广大、治疗百痛的灵丹妙药。得病的人无所考虑自己到底得了什么病，也不能去镇上县上的大医院里去做个化验检查，在他们眼里，挂号费都高的让人咋舌。有挂号费的钱，也够买好多片止痛片了。

栓稳的一双儿女都自费学了医学，在城市的医院里工作。他的药箱子还是经常被人背着，他嘴上的烟锅吸得丝丝作响。有一群孩童见他来，便捂了衣袖溜之大吉，他们以为又开始打防疫针了。见栓稳过去，才探出头来咯咯地笑个不停，心里美滋滋地想着又躲过了一痛。他是别人来请了去给家人看病的。病在身，家人愁，栓稳来了解心忧。每当他踏进病人家门半步，一家人的愁眉苦脸顿时舒展开来，人就是这样，虽然医生有时候不能妙手回春，但至少缓解了病人心理和肉体的疼痛，让人的心里有了盼头。栓稳老了，已上了六十岁的年头，现在拿起了针管子时，手也开始变得颤颤抖抖。可是，除了他，村子里还有谁呢？等若干年后，他把自己的医术带到了另一个世界里，史家河卫生室的牌子挂到哪里呢？这个村庄里的赤脚医生又将会成为谁呢？

第四辑　大地心香

那些有名字的土地

那些有名字的土地，无论是川地还是旱地，都在村里的账本上，户主都赫然地写着父亲的名字，这是农村实行农业单包制时分给我们家的。那时人口多，村里的川地又少之又少，所有的人家都是川地和坡地搭配着分到各家各户。川地在红岩河两岸，土质黑黝黝地，水源丰富，看上去都很肥沃；坡地都在半山腰上，都是绕着山转的台阶状旱地。旱地就是靠天吃饭，雨水少了地干，抓上去都是土疙瘩，坚硬无比，以至于我那时候在山上放牛时随便抓了砸核桃吃。土块那么硬，庄稼种下去不是旱死就是长势不好，川地里的麦子能长过半人高，麦穗饱满，坡地里的麦子就都患了侏儒症似的，更别提什么麦穗了，这让靠天吃饭的农人们伤透了心。恨不得自己就是龙王，让麦子天天浸泡在雨水了，喝个够，喝个饱，喝的咕咚咕咚，年年都有个好光景。

那些有名字的土地，村里的账本上都写得清清楚楚。亩数是多少，东西南北的范围一点都不差。在川地里，一家的地连着一家，就有了地界的界石，界石就是分界线，两家种地的人再爱地也不能越过界石半步。

如果谁家先耕种，或有意，或无意的移动了界石的位置，这就成了农人们的大事，自己的田地就好像是命根子一样，别人不能有一丁点儿侵犯。有时候相互认个错，把界石定了就是，有时候争吵的不分你我，面红耳赤，甚至动起手来，两个大男人为了自己的地盘，而在酥软的川地里打架，两个人相互抱着对方死死不放，在川地里打滚。最后还没有争吵出个所以然来，便喊着去找村主任评理。这种理是最难评的，站在谁的立场上对方都不满意，只有翻出地籍账本，拿着尺子，去地里丈量。你家一亩三，他家一亩五，丈量好了重新再把界石栽好，栽在最中间，既不偏向也不吃亏，两个人就消了气，握手言和，重归于好。又开始了自己田地里的那些活。谁让就靠这么点好地长庄稼哩。

那些有名字的土地，大部分都在半山腰上，属于旱地，裙带般在山腰上缠绕着。旱地，土质差，水分易失，无法人工灌溉。往往是在天旱的年头，种豆子的在六七月就拔了豆苗喂牲口，因为它已经长不大，提前拔了还能让地好好歇了多半月；种油菜的在三四月川地里看上去全部是一片金灿灿的时候，旱地的油菜花仅有为数不多，且高低不一，粗细有别，花朵儿很是没有精神。那些年，人们舍不得浪费一点儿土地，年年都给地里种麦子，为的就是能多打粮食，多有余粮。再过了几年，有一种叫作旱麦的品种，虽然收成的粮食颗粒不是很饱满，但在旱地里长势好些，产量也就提高上去了。旱麦被庄稼人称作二等麦，去粮站交公粮时不用验都没人收购，晒在场院里，总是和其他麦子分开来，一个场院上，两种色样，泾渭分明。这些年，史家河的人一年比一年少了，连学校都因为没有生源而关了门，现在只留下一位年迈的老妇住了那里，每天颤巍巍地照看着那片曾经走出多少人才的校园。

那些有名字的土地，属于史家河，属于父亲，因为他是那些土地名字下的主人。那些土地这几年属于川地的，都让别人种了，一年两季。那些旱地，父亲都撒了苜蓿籽儿，长势喜人，每到春夏之交，满山的旱地里都开满了紫色的小花，引得野兔蹦跳，野鸡藏身，惹得蜜蜂群舞，好不热闹。人走了，不能让地荒下来，地是人的命。它给了我们食粮，它给了我们营生，它让那些劳作的人们早出晚归地忙碌着，一次次地种植着人生。我想，我应该记下那些土地的名字，如果再过一些年头，这些土地无论贫瘠，或者肥腴，可能会被将要建起的水库淹没，或者成为护山育林地。川地的名字是十二栓、缠门沟、油坊门、滩边、还有园子、河渠岸；旱地的名字有枣树硷、杜梨树帽、凉山、龙眼头、瘟神旮旯。

土肥

每个寒暑假的日子，都是给田地里上土肥的大好时光。深冬腊月里，天寒地冻；暑假正值伏天，暴雨较多，把割过麦子的大地拍打得瓷实，拉着架子车的我就不会显得那么吃力。也就是在这个时候，村子里家家户户每天就干着这样一件大事，从早到晚地从土肥堆积的地方一车车地运到田地里。男人驾辕，女人装车，有坡地的地方，小孩就拉着牛挂车。架子车的辐条在地上铮铮作响，拉绳将男人的肩膀勒出了道道红痕。土肥就是土粪，主要是农村牛圈羊圈猪圈的粪便掺土而成，牛羊猪这些家畜在农村可是个值钱的宝，一户人家养活几个牲口就是主要家当和指望。人的时间也就随着这些牲口们一天天地老去了。放羊的人早出晚归，给牛割草的人半饷不见回来，每天就这样周而复始，放羊的人一辈子就放了羊，自己也记不清共放了多少只。母羊生羊羔，一生一窝窝，小羊在羊群里慢慢长大，而老羊在价格好时就卖上几只，就这样羊群始终是羊群，放羊的人每天这样漫天遍野地跟着羊跑，也就跑老了。

牲畜们每天一捆捆地吃草，圈里的粪也就一锨锨多了起来，主人便一遍遍地铲，铲后再给圈里衬上一层干土，就这样，一车车地粪就在门外堆积了起来。谁家粪堆最大，周围的人都眼热起来。这也就标志着来年谁家田地肥沃，能多打下粮食。男女老少们一车车地把土肥运到地里，一堆堆地倒起，每个粪堆之间的距离要一样，这样后来撒在地里的土粪就均匀一些，土粪撒匀称了，来年的庄稼自然也就长得高壮一致。父亲是个细活的人，每每拉到地里的粪，他都给上面赔上土，担心暴雨冲垮了，肥效挥发了，那样再大的粪堆，撒在地里就没有了后劲。那样庄稼汉就把田地骗了，土地单薄一年，人就少收成一季。当那时我们这些小孩不好好拉粪时，大人们都会骂着，不好好拉粪，来年把白面馍当 X 吃呢。本来要贪玩的孩童，一想起吃粗粮连上茅房都难受，就咬起牙开始好好出力了。小孩子出猛力，干的快，家长就开始心疼，说你稳稳地干么，出那么大力干啥。日晃着有没狼在后面撵着哩。

为了给牲口们的圈里衬上干土，父亲过两周就要在天气好的日子挖土，院子里的土层好，黄土，干稍。不像红尿泥土，遇上水就湿滑。牛圈里早晚得衬上一遍，这样才不至于让粪粘在牛身上。牛是人的门面，东家的牛膘肥说明主人晚上夜草添的勤快，西家的牛肚子看着像个板甲缝说明主人人懒体不勤，只图了自己晚上睡个安稳觉。每天中午，都是牛去河里饮水的时候，满村的牛都集合在河边，显然成了一场大集会，谁家牛是个啥情况全村人一目了然。这时候也是公牛骚情风流的时候，一不留神就胯上了别人家母牛的后脊背，行欢作乐状，被主人几鞭子抽下来，尤然未尽，一步一回头地，哞哞地叫唤着离开。全村人都去河边饮牛的时候，牛总是在喝饱了水，就会舒坦地拉上一堆。有人就便背了粪篓来，顺着河边拾粪，正好河边有自家的水地，那可是最好的田哩，就一篓篓地拾了，挑去倒在地头。春夏秋冬下来，田间地头也就堆起了大粪包。有人说拾得粪有后劲，百家牲口的粪便和在了一起，庄稼见了都乐呵呵地偷着笑呢。

还在农业社的时候，父亲年轻力壮，正好赶上挣工分。每天主要的任务就是挑粪。那时候他年轻气盛干活快，常常在吃饱饭后就去挑粪，一担担地将农业社积攒下来的粪土挑到山上的旱地里。山高路远，每天只能挑上三五回，累的人腰酸腿疼，筋疲力尽，才能挣上几个工分。慢慢地，化肥代替了土肥，每到农忙时节，人们三五成群地用机动车拉回品种繁多的肥料，一遍遍地在地里撒。当拖拉机在突突地来回犁地时，牛在村里突然就少了很多，牲口圈已经不复存在，只有牲口们曾经放吃食的石槽还在门口的台阶上，一天天地受着风吹日晒，在向后来的人们诉说着当年农家五畜兴旺，牲口满圈的时光。那些曾经在地里来来回回不知走了多少遍，挨了多少鞭子的牛们，和那时每年给地里上土粪的日子，今天在我的心中，只剩下了诸多动情的记忆。

高渠山

高渠山紧挨赵家沟口。盘山而上的一条路叫烟囱坡，听说烟囱坡是当年修的县级柏油公路，路快修好的时候，公路段的领导因病死亡。加之高渠山的土质属于红胶泥土，每逢下雨都有塌方，让人措手不及。新任的段长是邻村人，自然把烟囱坡这个已经修成个半拉子的工程放弃，把路从家乡的村庄修过。人常说：要致富，先修路。那条柏油路修好以后，段长家乡的村庄林家河一下子就富裕起来，有人在路边开代销站，有人开修车铺，还有人在河里按了管子，专门给过往的车辆加水。过往的车辆甘肃的拉煤车居多，他们从百子沟装了煤，从新民镇的坡路下来，再从西坡的塬上爬上去，走底庙，进正宁，就到了甘肃地界。人们就眼巴巴地看着高渠山的盘山路没有通车，路上没有抹上柏油，一天天地荒凉起来。春天里来，车前子，蒲公英就在路面上生长起来。

前些年，高渠山上还有人种地。山地硷都不大，遇见天旱粮食也长不起来。有人从炕洞里掏了草木灰，种洋芋。还有人种高粱。高粱长成了，远看上去像是一把把绿色的木锨倒插在山上。这时候，野地里吃粮食的动物就忙碌起来，顺着高粱秆爬上爬下，嘴里就不停闲。高明那年在高渠山犁地时候，遇见一只狼。老人说，狼要反方向追，要不狼踩了你的脚印，你就只张口声出不来了，声出不来，就喊不成人，狼就占了上风，这叫狼压人声。牛在地里犁地，老牛的牛犊子几个月大，就跟着在山上的地里四处窜着吃草，被只独狼盯上。牛犊不认识狼，和狼开始了玩耍，在荒草地里追逐嬉闹。牛犊来回跑，狼以为牛犊认识了它，就追着用前爪子打倒。狼拍打牛犊一下，牛犊就哞地叫一声，狼连续打牛犊，牛犊就哞哞哞地直叫。人听见了牛犊叫，就循声望去，只见灰狼在草丛里垂涎三尺，高兴地跳跃。高明弟兄几个急了，扔下手中的犁，牛还在绳索里套着，操起镢头追喊着打狼，还把地边上的草点着了。狼怕火，没吃上快到口的鲜肉，还被几个壮年人追打，就顺着高渠山的硷畔跑。狼跑人追，追过了高渠山，狼进入了党家沟。党家沟的人也追，把狼追过了洞子沟，才算罢休。他们追着狼的时候，就在山上大喊，狼，狼，打狼了。狼在前面夹起尾巴只顾逃命。他们喊的时候，正好村里的小学放学，全村男女老少都听见高渠山有狼。我们那时候还小，谁哭时家里人总会说，把你扔到高渠山上让狼扛去，小孩就乖乖地止住了声音。

高渠山梨树多，硷畔上大大小小地十几棵。梨树是老品种，梨成熟的晚，但皮薄肉多。我们那时候放牛，想去高渠山的时候，就带个袋子，如果梨树地下没人，就溜过去偷着摘，背回去留着下雨天不出去时候吃。高渠山最好吃的梨，是狗毛家。那时狗毛家女子每天搬个凳子，坐在河对面的家门口，正好能看着自家的梨树。有人靠近，她就喊着骂，令我们常常不能得手。她越是看的紧，我们的眼就越馋。她往往吃饭时候要回去端碗，我们就趴在树下等，她进去，我们就爬上树，靠在树干上，把袋子挂在脖子上，一边吃一边拣个头大的摘。等她吃完第一碗，回去放碗时候，就马上从树上溜下来，顺着硷根底撒腿就跑，然后跑到胡同里别人看不见的地方，蹲下来大口大口地喘气。

后来，狗毛家女子去了北京，梨树不再有人管，高渠山的梨树都不结梨了，有些是长了茂盛的叶子，有些连叶子也懒得长，老树干上光秃秃地。我们想吃梨，就满山地跑，一个树挨着一个树地看，发现一只梨，长的不大，表面布满疤痕。爬上树去，把正在吃的津津有味地松鼠撵了下来。松鼠已经把梨咬了个小坑，松鼠比人强，它们生活在田野里，想吃五谷杂粮了就在山上找高粱玉米地，想吃水果了就爬上树去，这个咬一口，那个咬一口，尝着酸甜，符合口味地，多吃几口，不符合口味的，连皮带肉都吐了去，留给人们的，都是自己吃下的剩巴。当我把梨摘下来，松鼠就一直看着我，看着我狼吞虎咽地把它吃了几口的梨，全部装进了胃里。松鼠比我吃的次数多，我每次来还得偷偷摸摸，还得看着狗毛家女子在不在她家门口坐着。松鼠不一样，想吃了就从窝里爬出来，不想吃了就回去睡觉或者告诉别的松鼠，那个梨树上的梨不好吃。

当我再见狗毛家女子的时候，我已经离开了村庄，听说后来梨树一年年地不再挂果，不再长叶子，光秃秃地顺着季节过活，不过几年就死了。人都离开了村庄，离开了梨树，梨树还给谁结果子呢，梨树在悲伤中老去。给狗毛家女子说，那时候少吃了你家的梨，就是你看的紧。她嫁给了北京人，夫妇俩在我们县城里开了家电脑培训班，生意异常火爆。她笑着说，那时候我盯着你们一天，下来眼睛都木了。就在她笑的时候，两只大香梨酥酥地挂在胸前，一鼓一鼓地。我知道我们都长大了，我们都记着在高渠山上，曾经发生过狼戏牛犊和看梨偷梨的事。

赵家沟口

赵家沟口是个村名，与史家河隔河而望，属于小章镇最偏远的地方。村子里人不多，都依山形挖窑洞而居。因为在半山上，得经常性地驮水、挂车子，养驴的人就多了起来。驴和牛不一样，每当驮水或拉车子前，主人给吃上一把玉米或豆子，就卖力地使劲。驴多了，有一头嗯昂嗯昂地叫起来，全村的驴都跟着叫。驴能听懂驴的声音，它们不仅能听懂人话，而且还会说驴语。驴在驮水时，从山上下来，在河边自己先痛痛快快地喝上一气，上山时候走的慢了，主人就拿鞭子抽，骂着这驴日的快些，嘚嘚嘚地从后面吆喝。驴有时候脚步加快，有时候还慢悠悠地，驴知道人在骂它。驴的步子快不起来，因为河边还有一头母驴没有上来。驴和驴见面了，先对着嘴闻闻对方的气味，然后用头在对方的脖颈上亲昵。有些母驴在发情期，水门大开着。公驴在靠近的时候，它就温顺地站着不动，等待着一场幸福的宠幸。对驴来说，人有时候也不长眼。一场好事有了兆头时，却在鞭子的抽打下把两头驴分开。分开了，驴就走的慢，驴要等自己喜欢的驴，所以爬坡的时候就慢悠悠地。如果母驴走在了前头，即使公驴在干活前没吃上玉米，也杠杠地跑，那时候也不觉得自己背上驮的水沉重。爬坡也跑着，张大嘴巴哈着热气。母驴也嗅到了公驴身上特殊的味道，听见了公驴的叫声，知道公驴正在追赶着自己，也就放慢了脚步。驴驮着水，没办法行好事，两头驴就在前面并排走着，脚步一致，走不慢，也不快。两家主人走在后面，相互卷个纸烟，吧嗒吧嗒地抽着，说一些不咸不淡的话。

我知道这么多，是因为我去过赵家沟口，我是走在驴的主人后面的第三人。去那里，是找我的同学赵卷哲，他还有个姐姐叫赵娟丽。那时候人都说，赵娟丽是我未来的媳妇，她长的皮肤黑黑，眼睛汪汪，腰部细细，还会的一手好茶饭。我和卷哲同班，都上小学四年级，娟丽和我姐同班，都在五年级。每当夏天，一场暴雨过后，河水就涨了起来。红岩河川道相对较窄，但是沟沟洼洼的雨水都涌了出来，异常湍急。娟丽姐弟俩就过不了河，回不了家。每当在校园里，听见有人扯着嗓子，连续喊着“河下来了吆”。河下来了，就是河水涨了起来正在向下流。河两边的人都扯起嗓子喊，你喊一声，我喊一声，他喊一声。马家河的人喊，林家河的人喊，史家河的人喊，师家河和阎子川的人也喊，喊得直到涨水从每个村庄急匆匆地路过，然后从高渠村汇入泾河。河水涨了，两天才能恢复到原来的水位，一周才能慢慢变清。河水涨了人都喊，就是为了给在河对面干活，或者在河边洗衣服的人搭声，让河对面干活的人快些过来，让河边洗衣服的人赶快站到水涨不到的地方去。河水每年都涨好多次，每次人也就这样喊，一直喊着到现在。水火无情，涨水的时候，经常有人在翻滚的泥浪上面漂着，有时候还活着，老乡老乡地撕心裂肺地喊着，岸边的人想救，但是水流的急，眼睁睁地就看着被水刮走。过上几天，就有人三五成群地沿着河边一直寻找，见人就问，是否见了在水里漂下来一个人。找人的人心情悲痛，都穿白戴孝，知道只要能找见尸体，就是万幸的事。在红岩河的川道里，沟深浪急，且漩涡四处，被水刮走的人能活着回来的人少之又少。

每当听见河里涨水，我喊卷哲，姐喊娟丽，他们就不再回去，住在我家里去。我们几个孩子，吃过饭就都趴在炕上，一篇篇地写生字，做数学题。有时候他们的父母让捎着带些瓜果蔬菜地来，都是多半蛇皮袋子。两家人虽未见面，却多次往来，俨然成了亲戚。每当让卷哲背东西的时候，他都不愿意，说把自己当驴使唤。娟丽能管住弟弟，瞪个眼睛黑着脸不说话，卷哲就背起袋子走，像年轻的驴驹出槽，撒着欢子一样快。我一直纳闷儿，人为啥说赵娟丽是我未来的媳妇，是因为娟丽姐弟经常在我们家住，看上去成了一大家子人。还是什么原因，我没有理清。五年级时候，我们村小学被撤销，大家都四散各自讨方便上学。后来听说卷哲的父亲在镇上开了代销店，卷哲成了店里的小老板。他姐娟丽到底念了几年书，最后嫁给了谁，我都不可而知。我上次回去的时候，站在村庄的硷畔上，看着河对面的赵家沟口，半山上人变得也很稀少，没有了驴叫，只是看着他们姐弟俩曾经跑上跑下的土坡坡上，长满了一种叫狼牙齿的株式植物。时间过的很快，这一晃近二十年都过去了，我们都变成了成人，且各在一方，已经没有了见面的机会。

党家沟

党家沟在高渠山和洞子沟之间的川道里。我从小就去过党家沟，是我没见过的年过八旬的姑奶奶去世，我是她娘家的代表之一，叫老位家。按照习俗，老位家的来人要先吃饭，吃饭前有唢呐手去安顿我们休息的地方请，孝子们就跪下来磕头。我喜欢唢呐手，脸上一鼓一瘪的，曲子是那样地好听。我一边吃饭，一边扭过头去在听，有大人偷偷碰了我，说快吃饭，你不知道你今天干啥来了。我那时候不懂得这些，可能是我早些吃完饭，跪在地上的孝子就能早些起来。

表叔是个巧手的人，他会嫁接果树，我母亲学会把酸枣树嫁接成晋枣树，应该就是他教会的。我那时不快点吃饭，表叔就跪在地上，这就说明我们老位家的人对这白事不满意。可是大人们都很满意，除了我是个小孩。在我印象中，我第一次吃李子，就来自党家沟的表叔家。他把原来的桃树大部分都嫁接成了李子树，墨黑的大李子上还带着一层清晨的雾露，看得人直流口水。

彬成他舅家也在党家沟，离表叔家不远，应是出了五服的伯叔。那时候彬成他外婆就站在自家稍门外的场边上喊彬成。彬成——彬成——，你二姨家娃初六过满月哩，叫你妈提前来蒸馍哩。然后全村人都知道彬成他二姨生娃了，初六要过满月，看来备的席口宽，彬成他妈还得去蒸馍。村里也有人在那几天生了娃，月子婆娘在屋里坐的慌，就把娃抱出来散恓惶，有人问你娃多大，月子婆娘就说和彬成他姨家的娃差不多一样大。看来彬成他外婆喊彬成的时候，全村人都听见了。党家沟和史家河就一河之隔，但吃的不是同一路水。党家沟的小河渠子，只有一步宽，夏天里水能旺些，冬天里就基本干涸了。史家河吃的是神泉的水，冬天里暖，夏天里凉，神泉底下有一凿池，大家都担着水桶，拿着马勺，蹲在边上一勺勺地把桶舀满，谁也不敢弄脏了水。冬天里，赵家沟口、党家沟的人有时候也来，拉个架子车，后面拴着毛驴，一次拉一大桶子，能吃上三五天。

前些年，彬成他父母在党家沟承包了十几亩河川地，在地边的山根上还挖了窑，窑里盘了能睡五个大人的炕，一家人就生活在那里。第一年，河川地里都种了玉米，四五月玉米出缨子，绿油油地，玉米棒子就斜插在玉米的腰上，个个长得身躯高大。它们站在党家沟的川地里，白天接受阳光和雨露的润泽，晚上陪着寂静的山峦说悄悄话。有狍子来糟蹋，彬成他大就在地边上点火，狍子有时候在偌大玉米青纱帐地跑，人看不见，只听见玉米叶子沙沙作响。狍子跑了，惊动了正在抱着啃玉米棒子的田鼠，田鼠竖起耳朵一听，赶快从玉米秆上溜下来，顺着地面向半山上跑。狍子，田鼠，还有那些来偷食的动物，听见了人的喊声，听见了沙沙地声响离自己越来越近，也都四处逃窜开了，玉米地里恢复了宁静，剩下的只有川里刮来的风，在夜半里丝丝作凉。

狗是彬成他弟，就出生在党家沟里。家里孩子多了，就起个狗狗猫猫的名字，一直叫了下来。党家沟平时去的人少，狗在一岁前很少见人，后来回到了村里，见人就哭，或者撒腿就跑。那时候彬成家每天都吃嫩玉米棒子，好像以此为主食，每顿饭下来，大门外倒满了玉米芯子。小孩在门口的空地上四处大便，粪便里都是没有消化的玉米粒儿。后来又想，八口人中，六个就是半大不小的孩子，干活时当不成好劳力，吃饭时个个却都是好手，每人一顿饭啃三个棒子，一顿就有二十四个棒子了。整个夏季里，彬成家门口堆满了玉米芯子，最早倒下来的那堆已经晒得干些，都能用来在灶火里烧开水了。玉米收成很好，秋天里拖拉机突突地把玉米袋子拉了回来。有人说，就是那年，彬成家翻了身，不再为吃饭的事而发愁。

彬成家不再承包那片河川地后，党家沟就显得更加寂静下来。我曾去那里走过一回，走着走着，心邪了，总觉得有人在后面跟着我，甚至我都看见了那是一个人，只是没有看清他的面貌。可是当我回头过去的时候，一个人都没有，只有乌鸦和山雀一声不连一声地啼叫。党家沟东面为阳，半山上住着几户人家，这几年也大多都锁了门。西面为阴，后来没有牛了，没人去割草，人不走了，原来的小路上也就长了草，现在整个阴面成了杂草丛生的世界。冬天里，草枝枯死，在雪衣的温暖下落入尘埃；春天里，草在春雷阵阵中露出头来，然后在雨水中疯长；夏天里，长成了的草，半人多高，没有了人来割，草就有些落寞了。只有地窝蜂，一群一群地聚在一起，在草根上筑巢安家，然后形成自己的势力范围，不让任何动物来侵袭和打扰。如果不小心碰到了，地窝蜂就齐齐地出来，人就只有躺在地上翻滚求饶的劲儿了。党家沟，现在确实成了地窝蜂的世界，寂静中热闹着。

凉山

我要说的凉山，是史家河温暖的村庄对面的一座山。之所以叫凉山，是因为山沟下的一池活水。水从岩上的石板缝里静静地冒出来，顺着石岩的纹路流下来，流在池子里。池子有多深，没人知道，看上去是一潭绿墨。水冬暖夏凉，池子总是满的，但不往外溢出，有人在三伏天正午，从地里摘了西瓜回来，用桶盛了水，把西瓜放了进去，不到一刻时间，西瓜摸上去就已变得冰凉冰凉。凉水岩上的山，被人们称为凉山，就这样一直叫了下来。

凉山有 32 条宽硷，大多在山的背阴地带，冬天里北风把雪片都吹到了那里，每到三月，背阴地里还有没有消融了的雪，覆盖在已经绿了叶的植物上。等雪消净了，地里的庄稼就开始拔节、疯长，个头就越来越大。听老年人说，凉山是过去农业社的主要粮食产地，每年快到夏收季节，农业社就拉了粮食，牵了牛马，带足劳力，在凉山的大场上安营扎寨，收割和碾场得花去近月天数。男人们把麦子一捆捆地从地里背出来，拉到了场里，套上碌碡，女人们做饭拾麦，赶上天气不好的时候，也拿起镰刀哧嚕哧嚕地割个不停。麦子碾完了以后，再用牛车一车车地把麦子拉回来，牛车在前面走着，人们扛着农具在后面走，只有一个个麦草垛守着冬天的凉山。冬天里有人要给牛铡麦草，凉山离村里远些，农业社就分了十几头牛拉到凉山场上的饲养组去喂。几个大麦草垛，经不住牛群日夜的饱餐，还等不住第二年的青草上来，就剩下个垛底。

后来，凉山承包给了外村人。我是去过一回的。我在洞子沟放牛，等我在草丛里一觉醒来，不见了牛。我满山地找，牛原来是顺着洞子沟的西梁走向了别人的玉米地。我在宽硷里跑，牛在玉米地里卷着大舌头，一口一株玉米苗，已把人家保墒的地膜踩得稀巴烂。我鞭打牛头，才将嘴馋的牛赶出了玉米地，心里像怀揣狡兔，跳个不停。我知道惹祸了，牛给我惹了祸，不好好地吃自己该吃的野草，却闻见了两里之外玉米苗的清香；我给家里惹了祸，是我没有看好牛，放牛就放牛，却开小差睡了去。我还没有回家，就听见凉山种玉米的主人在我家门口大吵，父母好言相劝，只怪自己没管好娃，娃没管好牛，牛又骚情地爱吃玉米，最终赔了几袋上好的玉米才算了事。我看着种玉米的人扛着袋子从我家门里出来，我才把牛赶回去。心提上了嗓子，不敢吭气，就连呼吸都低了半个气息。

后来我离开了村庄，没过两年，家里的大门上就挂上了锁。凉山的地又承包给了塬上的一户人家。老两口就住在凉山场上的破窑里，三六九地去镇上赶集，没水吃了就去凉水泉子用罐子提。那家女人没事的时候，一个人在凉山待的恓惶，就下山来在村里串门子，给大家说她的儿媳是多么地不孝顺，反正总是些东家长西家短细枝末叶的事。爱听的人听了，又传给了另一个人，最后村里人人都知道凉山上包山种地的那女人和她儿媳妇合不来。也有人以那女人的事情为教训，把原本和儿媳没有处理好的关系处理的稳稳妥妥，在村里传为佳话。

上次和母亲回到了村里，又遇上了凉山上包山的那个女人，她告诉母亲，我家柴窑里的干柴被谁谁背走了；枣树上的大晋枣原来结的成块成块的，她路过都舍不得摘上个吃，最后还是被谁谁用竹竿打了下来背走了；我家地里死去的苹果树，被谁谁家的老汉一镢头一镢头地挖了去，当柴火烧，估计现在都烧完了。她说她每天坐在凉山上，把村庄里的事情看得清清楚楚。

村子里的人越来越少，看来在凉山包山种地的老两口子要成为村庄里的主人了，只是我不知道她的姓名。我是应该记住的，至少她知道村庄里一段别人不知道的事。

马家底

马家底是史家河四队。史家河的人大多都姓史，除了四队大多都姓马之外。四队在村庄的最西边，距其他队都比较远，所以马家底就叫开了，直叫到现在和将来。叫的我老了，进入尘埃，马家底还叫马家底。我有时候也想，马家底叫不了几年了，村子里要修水坝，马家底刚好在红岩河河道的最细处，当坝上的水慢慢地淹没上来，马家底也就沉入了坝堤下。再过若干年，当我回到村庄，还能记得起马家底的时候，后人是不知道的，他甚至也不会承认他的祖籍就在那里。就像我一岁多的侄子，在咸阳的大医院里出生，在单元房里慢慢长大，他虽然说话不是很连贯，但是他知道他的家在哪里，屋子里是个什么样子。祖父去世时候，我们子孙们都回去，天黑后，侄子哭着不睡觉，他哭着要回家，回自己的家睡觉。弟弟弟妹再三给他说，你看爸爸妈妈都在你身边，抱着你睡觉不就好了，他还是哭着不行。弟弟生气不过，说你看这家伙都不知道自己回到了老家，第一次回来就这么淘气，他知道不知道他以后就成了没有故乡的人。弟弟的话说完，所有人一阵安静。是的，我们以后确实成了一个没有故乡的人，故乡在记忆里，故乡在纸上，回到已经被水淹没了的村庄，村庄就在水里扎下了根，我们的心却找不到栖息的领地。

我第一次看“灯影子”，就在马家底。“灯影子”就是皮影戏，农村人习惯了，就这样一直叫着。平顺他大去世了，儿孙们给老人演“灯影子”，也是给村里人演，男女老少地从四面八方里来，有坐在碌碡上的，有站在场边上的，也有蹲在板凳上的，就等着“灯影子”开始。“灯影子”以秦腔为主，演唱者和操作者配合默契，表演技术娴熟。有好把式一手拿两个甚至三个，厮杀、对打，套路不乱，令人眼花缭乱。听母亲说，平顺他大曾经在黄埔军校读过书，给国民党当过勤务员，后来从部队里跑了回来，埋名隐姓多年后才娶妻生子，下地干活和上街赶集。老人晚年，留有一把未经雕饰的白胡须，不时用手捋几下，看上去有几分仙气。母亲还说，老人心地很好，她几次都对生活失去信心，路遇老人后，老人不厌其烦地给她讲生活的道理，讲他在国民党部队里所受的辱苦，还千叮万嘱让她不要做傻事。老人对我们是有恩的。

离河边近，离沟里近。马家底家家户户都养羊，先是一只一只地买，后来大羊生小羊，小羊长大再生小羊，羊群的队伍就这样壮大起来。有了羊群，就有年富力强的公羊站出来，要当领头羊，也有羊不满意，公羊就用羝角作为武器，两只羊发起决斗来。谁战胜了谁，谁就成了领头羊，走在羊群的前头。每当发情期到来，公羊就成了羊群里的最受欢迎的，所有的母羊都成了它的妃嫔，期待着能得到公羊的宠幸。母羊生了羊羔，出去吃草时就带在身边。往往是在母羊吃草的时候，出生的小羊三两个一起跪在母羊身下，轮换着吮吸乳头。羊越来越多，家家户户里都是一大群，放羊的人早上出去，晚上回来，也就合了群。当羊在山上吃草的时候，羊就成了一大家子羊，放羊的人也就成了最能说的来的人，羊在山上吃草，人在硷塄边上闲扯。天刚刚黑，羊就从山上咩咩地叫着下来，每家的领头羊站在一边，各家的羊群也就分开了，在自己主人的带领中回了家。有骚情的公羊跑到别的羊群里来，用鼻子嗅着，做好了爬胯的准备，遇上头羊过来，久久不能得逞，只见围着羊群转圈圈。羊也有跑到别人庄稼地里的时候，有时候主人气急了，就站在远处，扯着嗓子喊，骂上几句脏话。放羊的人习惯了别人的喊声，听见了就赶快把羊赶出来，也顺便骂上羊一句，但里面也含着回骂的意思。那时候有人戏言，说放羊娃都找不见媳妇，一是整天和羊在一起，身上有股臊气，有人要去相媳妇，坐在河里泡了三天还是有味；二是好人都不放羊。这是农业社里留下来的传统，说放羊的人不是傻子，就是瘸子，要么就是一根筋。有人给农业社放羊，放羊还不忘拾酸枣，放羊一天记两个工分，可是能拾半袋子酸枣，酸枣核值钱，是一种药，镇上的药材部门口常年收。每拾一天酸枣，就能换来半年的食盐。

这些年，马家底的人都富了，羊一群一群地卖，也都盖了新房，买了摩托车。但也有年轻人不好好念书，过早地走上社会，干力气活吃不下苦，干轻松活却没本事。就和一些不三不四地人混在一起，偷偷摸摸地干些违法乱纪的事情。马家底，又成了派出所经常半夜来捉人的地方。上次还听说，马家底谁谁家大儿子和出了五服的叔父的妻子有了奸情，被人发现，两个人就私奔上新疆去了，几年里杳无音讯。这件事让马家底曾经沸腾了一段时间，让那谁谁丢尽了人，老汉后来走路就一直没抬过头。

枣树硷

枣树硷是块山地。在洞子沟的阳面。因地边有棵枣树而得名。我每年得去枣树硷几回，不是种麦就是收麦，或者是打枣。

枣树硷靠山，有一窑洞，曾经是生产队的羊圈。那时，生产队的羊圈就在那里，几十只羊白天在山上吃草，晚上就咩咩地被圈进去，锁上门。那时候洞子沟里有狼和豹子，狼群每天替人在看着羊圈，是羊的膻味勾引了狼，狼群每天晚上就围着羊圈的大木门，口水直流，白花花的狼屎每天晚上在地上铺了一层，却没得到一只羊来解馋。狼早上都躲进了山的深处，给生产队放羊的改学个子低，胆子小，干活没力气，每天就赶着这群羊在山上挣工分。有次在山上遇上一只独狼，狼心怀鬼胎，围着羊群玩耍了半天，改学张大口喊，都没吓跑狼。村里人没听见改学的声音，其实他的声音被狼镇住，没有喊出来。狼行千里都改不了吃肉，后来还是逮住一只拐腿的绵羊，卷起尾巴背进山里饱餐去了。就因这事，生产队里扣了改学将近半个多月的工分。

枣树硷圈了十几年羊，羊粪和狼粪都撒在了硷里，枣树硷的麦子每年都疯长，以至于成了生产队的粮食丰收地。分田到户后，枣树硷分给了我家，只是羊圈里已经没有了羊。枣树硷地不平，属于斜坡洼，每年父亲耕地的时候，牛都不靠着硷根走，转了几圈都耕不上，父亲爱地，每一寸土地他都像耕得松软，这样才不会有柴草长出，这样才能使种下去的麦子长的丰盈。牛不靠硷根，我就得一手拉着牛的笼头，一手拿着鞭子，把牛向最里面的犁沟里推。父亲把犁铧斜起来，用手压着犁身，满头大汗地走上几回，才能把硷根底的地犁的通熟。

枣树硷每年我都去，曾有次秋天刚去套牛绳，牛没戴笼嘴，一直叼着吃地边长的丰盛的草。牛一口碰在蜂窝上，只见粗如小指头，体黑长，肚有黄环的蜂齐出没，我就糟了秧。群峰飞起，自己的家园受到骚扰，群起攻之，蜂叮不疼牛，牛的尾巴左右摇摆着，我就成了群蜂攻击的重点对象。父亲说快躺下打滚，我就躺下去顺着地势从高向低处滚。后来在肿了的胳膊上拔出了几个蜂刺，更厉害的是有蜂从我穿的前开裤子里钻进去，在小肚子上狠狠地蛰了下。我捂着小肚，眼泪直流，母亲来要看，我不从，母亲说看来我娃长大了，已经知道了羞丑。

在枣树硷收麦的时候，架子车上不去，割完了的麦捆子大人娃娃齐上手，从硷里背到河边的平地上再装车。麦捆头对头，相互交错，垒的很高。麦捆装完了，左右两根处绳从架子上的挡板下边挽起直捆到车辕上，父亲往往让我们抬着车辕，他蹲在地上，使出全部力气拉紧处绳，只听见处绳在麦捆上上劲的哧噜之声。装麦车是个技术活，麦收时节经常在路上见有人拉的麦车翻车，原因是麦捆之间的茬没压紧，绳上又没劲，坡陡路坑洼，沉甸甸的麦捆就溜了下去。人都舍不得已经成熟的麦穗落在地上，颗粒饱满的麦粒都让蚂蚁搬了去。细数的女人就拿了簸箕来，把翻车的摊场混着细土扫了回去，在天阴下雨时端出来坐在屋里的门槛上一粒粒地拣麦粒。

七月十五半红枣，八月十五打红枣。枣树硷畔的枣树上，大晋枣红光满面，一串串地把树枝都压了下来。我们姊妹四个就提袋拿竿，分工明确，去把枣收回来。枣打完了，装了两蛇皮袋，我们也吃饱了，就扛着袋子回去。后来母亲把枣晒了，蒸枣糕馍，蒸米碗子，大红枣皮薄肉厚，味甜如蜜，往往是吃馍先吞枣。这枣树，连续结了十几年，后来，农村实行退耕还林、护山育林，枣树硷的地就没有再种麦子，而是撒上了苜蓿籽。苜蓿这植物最能保持水土，生命力顽强，就独自在枣树硷长开了。枣树也老了，枣一年年结的少了，后来被父亲挖了，木料做了案板，枣木案板质硬，我家用了好多年，就到现在，案板还在老家的厨窑里，上面已是落了厚厚的一层土。

老坟底

我那时去那个叫杜梨树帽的山地时，要路过老坟底。我一个人不敢走那条路，村里人说那条路太“硬”，我明白他们说的意思，老坟底四处都是坟，而且埋得大多都是死去的年轻人。我记得最清楚的事，就是宏录他妹十八岁时得急病死亡，村里几个壮劳力扛着宽木板去老坟底埋葬。我那时候小，村里有啥事和一群孩子一起，就跟着看热闹。宏录他妹叫惠子，在镇上的中学里念书，成绩很好。有天夜里肚子疼，疼的钻心，在镇医院里还没检查出来病因，就断气了。

莲花嫂子是惠子她妈，中年丧女的心情很是悲戚，每天都在哭声中度过。她不是在老坟底娃的坟地里，就是在我家门前的渠岸的沟壕里哭。哭声顺着风，在河川里慢慢飘远。后来河对面赵家咀的人也知道了，一听见哭声，就说那谁谁女子没了这么多年，这屋里人还哭呢。西边师家河的人也知道的一清二楚，莲花嫂子的娘家就在那里。她还把自己的侄女小霞牵线给了本村小伙子银录当媳妇。当莲花嫂子哭的时候，村里的女人起初都去安慰，说好他嫂子里，娃心硬把咱落下不管了，就让她去。

后来莲花嫂子哭得次数多了，村里人就去安慰的少了。只有莲花嫂子知道，她养活到十八岁的女子，是自己身体上掉下来的肉，对自己来说有多心疼。小霞和莲花嫂子吵过架，姑姑侄女俩曾经是吵的不可开交，甚至双方都喊着对方的长辈名字叫骂。骂完了，周围人说你看这两个女人，一个叫大哩一个叫爷哩，不知道她们骂个啥么。人往往就是这样，只有旁观者清，当局者迷。何况是两个在气头上的女人呢。后来莲花嫂子哭的时候，小霞就去安慰她姑，宽心的话说了半箩筐，哭声还是止不住，自己心里的伤心事也涌起，就陪着她姑一起哭。

十年前，我三娘的肺结核病发作不久，也离开人世。那时她三十来岁。她的坟也在老坟底。地是自家的地。人活着的时候，在自己的地里锄草撒种，耕耘施肥，恨不得每亩地打三五担。死了的时候，就悄无声息地睡在自家地里的向阳处，看着自家麦子一年年地长起来，看着不让山上的黄鼠松鼠们糟蹋。三叔犁地的把式不行，他每年去老坟底的地里种地时候，为了不伤着三娘的坟茔，远远地就拿着鞭子抽着牛。三娘活了三十几岁，她没去过西安，也很少去镇上的集市，就这样，从马家河村嫁到史家河，在红岩河的这条河川里来来回回地走了一生。我小时候去过她娘家，那时她要给娘家还借来的奶羊，羊不听话，身子朝后扒着不走，得有个人拿树条子在后面抽打，我就成了最佳人选。史家河离马家河不远，走路不到两个小时。三娘自幼丧母，一家几口人就住着半截窑。晌午饭时吃了辣子水水蘸苜蓿菜馍，喝了碗豆豆稀饭就回家来。三叔把几个娃一直拉扯到现在，把自己也老成了个老汉。这么多年一个男人也没能再娶上个媳妇，没事时就扛着铁锨去老坟底的地里转，转完了，就坐在锨把上吃旱烟。

我问过老年人，祖宗的坟地都没在老坟底。自从三娘埋在那里后，我们这些晚辈每当在上坟的时候，都要去老坟底烧几张纸，在坟头上放些吃食。三娘虽然走了，但是她留下了毛女子姊妹三个，现在和三叔一起还在原来的老房子里住着。毛女子在镇上的餐馆里洗碗，前些时间谈了个朋友，也是快到谈婚论嫁的时间了。江龙子不好好念书，好不容易念到初一，宁可在家放羊给牛割草也不去学校。前些日子，我回老家，正是晒麦地的时候，江龙子不到18岁的小伙子，一个人正在地里套牛犁地呢。他是故乡庄稼地里最忠实的开垦者和播种者，他整天坐在山洼上放着那群羊，早出晚归，天天如此。路过老坟底时，就嘿嘿地笑着说，妈，你看我把咱家的羊放的肥不。我不知道三娘是否能听见自己孩子的话。这些日子，我一想起老坟底，想起江龙子给三娘说的话，就好像蛇把手咬了，连心地疼。

洞子沟

洞子沟因地形神似一个深深的洞沟而得名。沟阳面有一老庄基，三孔窑洞，还有院墙，院墙旁有一棵桃树，每到春天，桃花就开了，一枝枝出了墙来，桃花的眼睛一眨一眨地，看着洞子沟的春天，看着沟阴面还没化去的积雪。沟阴面是一片白杨树林，每到秋天里，和电视里的白桦林一样美丽。小时候，每到暑假，我就和伙伴们一起去洞子沟放牛、吃软柿子。一群小孩子从树上上窜下跳，和喜鹊、麻雀们一样，在树林子里叽叽喳喳。

小孩子调皮，啥事都图个新鲜。几个人就想进洞子沟那家已经锁锈了的宅院。老宅院里，围墙不高，北边里还有一个坍塌了的小豁口。只是宅院的大门上有一把锁，在门前紧紧地挂着，院子里，杂草丛生，蒿草茂盛，有人在前面拿了棍子，左右来回地捋着打草惊蛇。有人像地道战里寻找地雷的战士，头低着在草丛里看着，担心队伍踩上了地蜂窝。地蜂群体数量众多，杀伤力和攻击力是所有蜂类中最为凶猛的一种，这让我们都捏了一把汗，脚步轻盈，每踩一脚都要稳而落定。不时有野鸡在草丛里觅食产蛋，我们一群孩子过去，野鸡被吓破了胆，扑棱着翅膀，尖叫一声仓皇而逃。野鸡飞过，眼尖手快的孩子就冲过去，在草丛里扒拉着找野鸡蛋。有次找了两个来，蛋还是热热地，高兴得合不拢嘴，把蛋捧在手心里怕飞了，装在兜里怕碎了，就一直高高地举在手里。

老庄基里，三只窑洞一字排开，中间的窑洞稍微大些，窑洞的门已经被移走，只剩下了四方形的灰基框，参差不齐，高窗上有燕子用小树枝和泥土伴着自己的口水做的小窝，糊的很是严实，留一个小洞口出入。燕子是我的朋友，它两翼乌黑，肚子雪白，尖尖的嘴巴，飞起来忽高忽低，优美轻柔。燕子是勤快的，每次要从洞子沟里飞出来，来到红岩河边，嘴里满满地叼了泥，又从山上飞上去，飞到屋檐下，小心翼翼地将泥垒在窝上。就这样重重叠叠，拳头大小的燕窝在高窗上就搭了起来。我不知道是人学习了燕子，还是燕子在村庄里学习到了人，他们没有图纸都能一点点地把泥巴粘紧，垒高，自食其力地为自己和儿女搭上温暖的小窝。燕子飞来飞去，穿梭在初春明媚的阳光中，疾驰在秋天五谷丰登的庄稼地或掠过阴雨天的红岩河泛起的浪花上。

原来在窑里住的人已在塬上盖了新房，只有每年到霜降前摘柿子的时候，才开着蹦蹦车从塬上来，回到自己曾经的老庄基院墙外，一个个地摘着上辈人植下的丰收果。柿树抗旱、耐湿，结果早，产量高，寿命长。人走了，柿树们就在洞子沟里孤单起来，抱团地长在一片，根连根，枝连枝，在洞子沟里形成了一个连片的遮雨棚。每当到夏天，我在洞子沟放牛的时候，赶上了下雨，就把牛赶到柿树下避雨。柿树下也有草，平时光照不进来，雨也落不透，草没有了山上的茂盛而已。雨一直下，牛就在树下反刍，偶尔吃两口自己看上的嫩叶子。我就在老腐的柿树根下找木耳。木耳长的形似人的耳朵，在树身上蛾蝶玉立，互相镶嵌，又如片片浮云，两面光滑，黑褐透明。雨停了，牛吃饱了肚子，我已采满了鼓鼓地一兜回去。用铁勺倒了油，在锅里炒了，晚饭就多了一样不多遇的菜。

洞子沟顶上，有个村庄叫路村，是春娥的娘家。春娥是金录的老婆，金录一直在百子沟下煤窑，春娥就抱着娃一直和父母住在一起。有年冬天里娃生病，路村的赤脚医生一针打下去，娃就没有了哭声。春娥失去了孩子，便打了医生家窗上的玻璃，砸了衣柜，摔了镜子，医生家能破坏的都被春娥发疯般地全部破坏。有老人去，把娃抱到洞子沟，浅浅地埋了。初夏有人去洞子沟挖柴胡，在一荒洼看见了小孩的衣服，吓得跑出去几百米。春娥失去了孩子，常常在村里拖着哭声，不久就住到了金录的煤矿上去，家里的新大门上就一直挂了锁。

我每次见了春娥，都叫声姨问个好。有年正月十五，一群小孩在挑着灯笼玩耍的时候，我的灯笼被软枣树挂烂了，是春娥姨给我点了个牛屎扑塔灯笼，给了两把蜡，还说了好好玩再着了姨给你点的话。春娥在村子里是个有些洁癖的干净人，那时把自己家的土院子扫的能在地上擀面。她拿个小扫把蹲下去，一下下地把院子里角角落落的土都扫了去，又用垃圾斗把扫成一堆的细土一下下地端出去，轻轻地倒在门外的场院下的坑里。她扫地的时候，就戴上了白帽子，穿上了旧衣服，等把家里打扫的一尘不染后，才换了衣服坐在炕上做针线活。村里有人说，春娥白天上炕的时候，都会把外裤脱了去，挂在衣架上，恐怕穿着裤子在炕上压倒了裤缝的棱角。还有人说，春娥的裤头每天都洗，花花绿绿地在屋里的篷线绳上搭了一排。

村里人那时候还常常避讳，大人们不再让我们去洞子沟放过牛，我给家人说洞子沟的牛草长势好，牛吃的快，也爱吃。家人听烦了，就说你出去一天就是放牛，狼又没在后面撵着，你急的回来干啥啊。就那么一季时间，我没再去洞子沟，不知道老庄基院前的柿子都摘完了没，是不是还有树顶上的，远远看着像红灯笼似的小精灵，被落下的霜浸染地透红，成了洞子沟里最艳丽的颜色。

白草山

白草山都长白草，遇上雨水好的季节，草高的能埋住人的膝盖。我小时候的每个夏天，基本上都会去白草山放牛。每天早上，天刚蒙蒙亮，牛就在圈里闹腾着要出圈，笼头上的铁环在石槽上磨蹭地哐啷哐啷作响。夏天夜短，小孩奢睡，我总是在母亲的叫声中一个连一个地做梦，睡得是那么踏实。说实话，我最喜欢去白草山放牛，山高洼大，白草丰茂，且还没有庄稼地，牛就满山地跑着吃草。牛有时候不珍惜长了半年的草，遇到白草多的地方，总是抢着向前头跑，抢着吃第一口的新鲜，就那样不抬嘴的吃过去，还不时地拉屎撒尿。后面来的牛就只好在后面，吃着前面牛吃剩的草了。而到了白草一般的季节，一个白草根根它都低下头去，用舌头卷着啃，还啃不住，后来草没吃上，却沾了满嘴的泥。甚至是牛挨了一鞭子后，迈开了步子向前走的时候，还是忘不掉那棵没有啃上的草，不时地扭过头来，很是留恋。

到了白草山上，牛开始吃草的时候，我就蹲在没有露水的地方，开始睡觉。等太阳出来，露水蒸发完了，我就可以把自己平躺地放在山坡上，两条小腿伸的长长地睡上一觉。躺在山洼里，头枕着高处，把身子陷入草滩，陷入大地，陷入夏天照射的阳光里。当我躺在山坡上，云就成了最高处最显眼的一片白。一阵风吹过，云就在头顶上轻轻地飘动。太阳光在云朵里穿梭，一会儿暗一会儿亮，直刺眼。睡得时间长了，把长高了的草就压了下去，草就成了绿褥子，柔软地铺在大地上，地慢慢变得热了起来，身体也变得热起来，不知道是我暖热了刚睡过的这片地，还是这片地暖热了我的身体。

堂学赶着羊群向我这边走来，羊咩咩地叫着。羊喜欢吃低草，他却不把羊赶到有低草的地方去，我有些不高兴。他的羊走过的地方，牛就不再吃了。牛对草的要求很高，羊有膻味，羊走过的地方，羊粪豆子满地地撒，牛闻见了就鼻子丝丝作响，不再下口。除非下一场雨，雨把白草上的膻味冲洗干净，把草上的羊粪豆子都冲到了低洼地带，草干净了，牛才会不四处乱跑。当牛不跑了，我才能安心地躺下来，做自己还没有做完的梦。当我躺在草地上时，一群蚂蚁就会爬过来，爬上我的腿，寻找着可以下口的地方，蚂蚁说的话我不懂，它们的小小的小钳子拉扯着我的衣服，齐心协力地想把我拖回它们的窝里，成为它们的口粮。我静静地躺着不动，看着这些小家伙的一举一动，是那么地天真可爱，它们把我当成了一条大青虫。有一只蚂蚁钻进了我的裤腿，在我细细的腿毛上探着究竟。我痒了，腿就动了起来，蚂蚁就匆匆忙忙地撤退，永远不再过来。

堂学腰里缠着划子绳，一手拿着放羊鞭子，一手拿着短把镢头。镢头的用处很多，羊跑远了时，他就挖一块灰基扔过去，打到头羊的身上，羊就知趣地不再跑。遇见柴胡这些药材时，就挖出来装在兜里，他一下下地挖，怕伤着了柴胡的根，柴胡的根须伤了，卖的时候就卖不了好价钱。堂学每次在山上放羊，都会收拾一捆柴背回去，是放羊挖药砍柴三不误。我出来放牛，兜里还会带本书，等睡醒了后，再也没有了瞌睡，一个人就坐在山头上看书。有风从耳边吹过，白草忽高忽低；有鸟儿从头顶飞过，展翅飞翔，有黄鼠从身边掠过，它在白草山上做着安乐窝，我是在它们的世界里。

鸡嘴山

鸡嘴山在地形上不像鸡嘴，鸡嘴是一个人的绰号。叫鸡嘴的这户人家在山上是第一个居住，也是最后一个居住，后来这座山就以他的绰号的形式叫了下来，直到今天。

叫鸡嘴的那个人，祖上那些年是地主，后因种种原因造成家族破败。鸡嘴便来史家河承包下了那座山，种麦子种高粱种玉米，就这样种了好多年，直到有一天，鸡嘴不再租种了，用了几台拖拉机一麻袋一麻袋地把粮食拉了回去，村里人才知道这荒山上还能长粮食，且长的那么好。

叫鸡嘴的那个人，用村里人说的话来说，长的确实鸡嘴猴型，嘴巴细尖而又长，脑袋较小凹陷面。至今我都不知道鸡嘴的大名是什么，我只知道他是赵村人，姓任。从他拉着两头黄牛来到村里种地，到最后粮食满车地离开村子，这十年里是什么样的时光啊。十年里，他把一座山从未开垦的荒野地变成了一等山地，这一等山地的等级是我亲眼在村会计的本子上看的。那时候，我上小学，等村上的干部收粮时，就跟着他们在村里四处跑，看着他们翻着地籍本查看着每户人家地的类型，才能算出到底要交多少斤粮食，多少农业税。即使遇到胡搅蛮缠的人，非要说自己的二等川地是三等，想少交点粮，少承担点税时，村干部就翻开本子，按照地籍类型一项项地查看着，让他们哑口无言，心服口服。还有人，收了庄稼就离开了村子，出去躲交粮、躲农业税，躲一年是一年，村干部常常去了就吃闭门羹，便嘟囔着：村里收缴的任务完不成，你今年不交明年就一起交，不相信你躲过了正月初一还能躲过十五，馍馍不吃是在篓子里给你放着哩。

鸡嘴交粮，是在租地时候和村里达成的协议，村里常常完不成镇上夏粮收缴的任务，好不容易村里来了个种粮大户且一个愿打一个愿挨，用农村话说就是何（合）家女子嫁给史（适）家了，合适日他了。镇上催的急，粮食按时交不上去，村里就派人在鸡嘴山的场院里站着，等扬场扬出麦子来，就先拿了去在太阳坡里晒着，先晒三旦（一旦五百斤）上好的麦子交了去，这样村干部就能得先进，包村干部也就能拿到工资。

有人开玩笑说，鸡嘴在山上生了一堆儿子。鸡嘴的老婆十年里生了六个娃儿。鸡嘴远离了自己的村庄，住在史家河村这座山上，计划生育工作成了三不管区域，自己的村里不来管，史家河的村干部管不上。鸡嘴山不通电，夏天里在地里割麦时就点个大马灯，站在村里，远远看上去就像萤火虫，在地里一闪一闪地挪着位置。十年里，粮食打下了不少，孩子们都长个半大，能给父母帮忙拉牛缰绳挂车，能替父母在山里放牛，能给父母干些力所能及的活。有时候孩子只顾贪玩，自己家的牛从山上跑了下来，跑在别人家的玉米地里糟蹋玉米苗，就有人狠心地骂：你大生你不知费了几灯油，咋弄下个你这不长眼的货哩。口里骂着，手扶着地里被牛踩倒的嫩苗子，心疼不已。农民就是这样地爱庄稼，地上掉一粒粮食，都会蹲下身去拣起来，从嘴吹净了沾上的土，然后放在粮食袋子里，何况是一株株嫩苗，这要长多少庄稼哩。

瘟神旮旯

瘟神旮旯，是从北极镇到史家河盘山路的豁口之处。刚从樊家湾的豁口下来，路为一车宽的陡坡，拖拉机摇把型的弧度，两边均为深沟，狭窄偏僻，地势险要。每每有拖拉机走在这里，就突突着直冒黑烟。记得四哥当兵回来，开着粮站的尖头解放卡车回镇上，正好赶上北极镇三六九逢集，车厢里就站满了人，车一直呜呜地在坡上爬着，走在瘟神旮旯的半坡里，怎么加油也爬不上去。四哥一直加油，直到车的马达已经灭火，向路边溜，车上的人慌了神，嗷嗷地喊叫，吓得魂飞丧胆。车停稳后，大家都从车厢里蹦了下来，面如灰土，默不作声，蹲在路边有喘不完的气。四哥在部队学的车，也算是个老手，但是没遇到过这样的路况，应急处理能力不强。车是停了，离沟边的荒洼就差多半步。四哥下来看了，吓得不敢再启动，车都有惯性，启动时油门和离合配合不好的话，向后溜是必定的事。大家回过神来后，一群人就用肩膀把车扛着，四哥再次发动，挂了档慢慢地向前挪。大伙儿就在后面推着，直到卡车上了塬，走到了平坦的路上。

有老人说，瘟神旮旯之所以这样叫，就是这里太偏僻，前后都不着村落，那时候狼多，每当到冬天太阳冒花花的时候，狼群就出来晒太阳。狼一群一群的，狼崽趴在母狼的肚子底下吃奶。等狼崽吃完了奶，老狼身子晒暖和了，才慢慢离去。有女人上塬去娘家，一个人从来不敢路过，得有人送。等女人回来的时候，提前几天就给男人捎话，说她哪天回来，让男人来接她。男人到那天了就扛了铁锨，抽着烟在瘟神旮旯的豁口上等女人下坡来。如果女人回来，男人却不在，就在塬上的亲戚家住上一夜，直到男人来接。女人跟着男人走，心里还是战战兢兢的，不时地扭头左右看着，听着风声。狼是在瘟神旮旯伤过人的，听说那时候有个胆大的女人一个人走，狼就跟在后面，狼见了人，就站起来，脚步轻轻。人害怕狼，狼也害怕人，狼跟着人打算伺机作案。等女人发现了狼，已经来之不及，狼把女人扑倒，咬到了面部，幸亏正好过来了人，大家齐声喊着救人，狼才溜之逃命。

村里有男人名叫史新智，一辈子以放羊为生。新智这个大名早已被人忘了，大家都叫他“狼咬娃”。新智被人这样叫，是因为他小时候被狼咬了左脚。新智小时候，一个人在地里偷着烧麦穗吃，狼怕火，不敢靠近，就躲在地头的杨树下伸着舌头。新智吃饱了烧麦向回走的时候，狼就蹲在路中间挡住了他的回路。新智扭头就向前面跑，狼就在后面追，他腿跑的欢，狼就追着咬住了他的左脚。有人去河里饮牛，救下了狼口中的新智，但脚后跟已经被狼咬了去，就成了瘸子，一辈子走路都拄上了拐杖。

瘟神旮旯还有个说法，说那三条窄窄的硷里埋过几个年轻人。有喝药的，有上吊的，有得病的。习俗说年轻人死了进不了祖坟，就埋在了瘟神旮旯这三条荒硷里。前几年，坡口里有户人家日子过不下去，男人一时想不开在瘟神旮旯的树上上了吊。过了几天才被人发现，舌头从口里出来，吊的很长。村里人有闲人，四处传着，见人就说，说的人头皮发憷。有胆小的人路过这里时，看见那棵曾经吊死人的树，树叶在风中沙沙地吹着响，走着的脚步带着小跑。我那时候去镇上上学，一个人背着干粮每周都要路过，走得困了，就坐在沟边上休息，有几只鸟啾啾地在草丛里叫，时飞时落，久不离去。我是个爱热闹的人，走了过去。原来是有只野兔，身中猎枪，抽搐不已，将要毙命。那时候冬天里打猎的人多，兔子挨了枪，但还是仓皇逃命，直到跑之不动，才把自己埋在草丛里，煎熬着自己不知还能活多久的命。

旮旯

我就是旮旯人，确切地说，我的祖宗都生活在这儿只黑黑的窑洞里。无论是从村里的湾子上来，还是从地窑下来，旮旯都处于村里最角落的地方。村里有人给别人介绍我的时候，就说这娃就是旮旯碎叔家老大的大儿。我喜欢听这样的介绍，说的很是到位，把我一家三代都说的完完整整，让不知道的人也知道得清清楚楚。那人说的碎叔，就是我爷，老大是我父亲，我父亲在他们弟兄里面排行老大，我又在我们弟兄两个里面是老大。

我出生在父亲亲手修的新地方里，我之所以早产，就是冲着父亲挖的那几口大窑洞而来的。那年家里有两件喜事，就是父亲有了自己的窝，有了自己的儿子。我还小的时候，常常在过年时候去旮旯，跟着父亲给上辈老人拜年，父亲在前面磕头，我在后面吃糖，一家一家地转，后来我的兜里都满的装不下了，就懒得再转，从门里跑出去玩了。旮旯的大院里有两口大窑，一口是八爷家住，一口是我爷家在住。我爷家窑门外的角落，有一间厦屋。厦屋是典型的陕西八大怪里的房子半边盖，一边高，一边低，屋顶上只撒半边瓦，房子简单又省木料。我父母结婚时就住在这间屋子，那时还是村里为数很少的房子。我母亲没住多久，二叔要结婚，母亲就腾了出来，四处借个半截窑住下，直到父亲下定决心修了我出生的那几孔新窑。

旮旯底下是玉英姨家。玉英姨的老汉死的早，他们又是独户人，近邻也就慢慢地成了自己人，只是没有血缘关系。家族里有大大小小的事，玉英姨家也就过来帮个忙。玉英姨那时候喜欢摸我的厚手背，我有一双厚厚的手，老人说手背厚的人有福，我的手背虽笨拙但顺着老人的话就沾了福气。玉英姨见我一次，就拉着我的手疼爱不已，直到二十多年后我们又在村里见了面，她不认识我，我在她的记忆里一直是小孩子，没想到现在已经是而立之年的人，她却已经成了七十多岁的老人。有人叫着父亲的名字，给玉英姨说那就是谁谁家那个大儿，现在在外好多年，都不认识了。就像我一样，回到了村里，有许多孩子我都认不出来，他们有的喊我哥，有的喊我碎爸，但我不知道这都是谁家的孩子，在心里就根据面貌辨认，想他父亲。

在埋葬祖父的路上，路过旮旯的崖坝，这是我这么多年在旮旯走的头一回。我抱着祖父的老像，站在祖辈走过的路上，路还是那条路，只是这几年拓宽了些。我看着旮旯的老院子，厦屋已塌，只是朽了的檩条还在土胚上歪歪扭扭地倒在一起，只是窑帮上烟囱熏黑的墨珠子还在粘连着，院子里长满了杂草。三十年前被暴雨冲塌的窑洞的灰基疙瘩还在那里，一年一年地变小，风化。祖母的命就是被塌下来的土夺去的，而三十年后，我却抱着祖父的老像送终，完成着晚辈们应有的责任。我站在旮旯的崖坝边，向下看着这不起眼的地方，回想着大人们曾经说起的林林总总的旧事，我想用祖父的老像，也引着祖母的灵魂，让他们过了半辈子的夫妻能在另一个世界里走在一起。

老人说，那时候之所以住在旮旯，是因为能躲避土匪。祖上牛马满圈，粮食满囤，窑门的关子如椽。抢粮的土匪一旦进村，人就关了稍门，关了窑门，粮食都放在窑里面的拐窑里。土匪即使来了，人和粮食都安好无事。那时候，常常有人去旮旯的那棵皂角树下，捡树上落下来弯刀模样的皂荚。在河里洗衣服的时候，女人们舍不得多放一丁点儿洗衣粉，就拿皂荚在衣服上来来回回地擦，然后猫起腰在河边的石头上搓洗，沾满汗渍的衣服，在皂荚的作用下，又变得干净柔亮。

我看着旮旯的时候，冬天的皂角树变得是那么地苍老，没有了一点生机。一群麻雀站在树枝上，警惕地看着我，不断地抖动着翅膀，这里已经成了它们聚居的地方。雪慢慢落下，坑坑洼洼的路有些湿滑。我的鞋上沾了旮旯的泥巴，沉重的脚步在村庄里前行。伤心的旮旯啊，我还能看上几次，走上几回，念想些什么呢。

狼渠

大洼和小洼是连着的两座山，都属于阳面，大大小小有十八条硷。硷都是跟着山头转，细而长，套着牛犁地的人，一圈圈地转过来，又转过去，一条硷犁完了，等于来来回回地走了二十里路。山下就是旮旯，从旮旯去大小洼的路，要经过狼渠。狼渠的路是条窄胡同，窄的只能容下一条牛走过。我那时候背着礳去小洼礳地的时候，礳在胡同里横着走不开，只有竖着走，礳又高，拉在地上。大人教我，把镢头从礳的下半部攒进去，这样礳离了地，却高过了我的头顶。我的弯下腰来，让礳高高地竖着，爬在我的肩上。等我上了狼渠的胡同，把礳放下来，换个肩膀横着背的时候，脊背上已经是酸枣树条压出来的一条条的红道道。

那条胡同为啥叫狼渠，我问过好几个老人，都说那时候村子里所有的狼都生活在狼渠里，那里成了村子里狼的世界和聚居地。父亲说他年轻时，经常是吃饱了饭，把积攒的土粪从旮旯一担担地挑到小洼的自留地。在农业社里，自留地是每家每户唯一拥有的田地，按人口分，每人一小片。父亲姊妹七八个，加上老人，家里的自留地差炕大一片就是一亩。那亩自留地，每年舍不得种别的，就种些抗旱的高粱。刚开始家里没有麦子，人人都吃的是高粱面，高粱面黑，不耐饿，往往是早上吃了，没挑上几回粪，肚子就开始咕咕地闹。父亲不怕狼，狼走狼的道，父亲挑自己的粪。狼有时候像只狗，也温顺地跟着父亲上大小洼去，等父亲在自留地里把粪倒了，倒成一堆一堆地，粪担上的铁须子刷拉地一响，狼才胆怯地顺着长硷跑开去。

狼渠的狼群往往是深夜里下山来，那时候人已经都在热炕上睡了，村庄里就成了狼的世界。狼挨家挨户地寻找一天的口粮。村里家家户户都喂猪，猪就躺在院子里的猪圈里打鼾，狼听得口馋，瞪着绿眼站在院墙上准备大干一场。有人忘了关稍门，狼就进去在院子里乱转，也躺在猪身边，等猪醒来。醒来的笨猪，在狼的带领下，默默无声，轻脚轻手地出了大门。出了大门的猪，被狼用尾巴拍打着，一直向胡同的方向走。等走到胡同里，狼就露出了凶相，群起而扑之，好好地饱餐一顿，连流在地上的血都舔得干干净净。第二天一早人醒来去喂猪，圈里却不见了猪的踪影。猪圈里有狼白色的粪，狼是花了心思的，它把一户人家一年的家用补贴吃在了肚子里。亡猪关门，村里的每户人家，在后来睡觉前都把自己家的稍门关了关了再关，甚至有人还担心狼会拱开柴门，还扛了条杠子紧紧地顶在门上。

有人丢了猪，自己还不死心，就顺着狼渠向大小洼走，口里一直唠－唠－唠地叫猪。以为白天里人去农业社里干活，亏待了猪，猪饿极了才逃出去自谋吃食。人在不断地叫猪的时候，狼不做声，躺在阳坡旮旯里假寐。狼渠里什么时候没有了狼，狼都去了哪里，一直是人想不通的事。就那么突然地一天，狼渠里就再没有狼的影子出现，也没有再听见过狼的嗥叫。有人说狼都进了山的深处，也有人说狼去了没有人烟的地方。人越来越多，占据了村庄的上风，村庄的边沿没有了狼生活的地盘，人们再也没有原来四处可见的白花花的狼屎。狼群是怎么离开的？

有在夜里看苜蓿的人说，在一个夜黑人静的夜晚，先是吹过一阵风，吹得人头皮发凉，吹得人眼睛发酸。看苜蓿的人还没来得及揉进了沙土的眼，就看见一群绿汪汪、蓝莹莹的队伍，从胡同里冲下来，从河川里的方向跑去。至于去了哪里，看苜蓿的人说那时候他的腿已经发软，跌倒在半人多高的苜蓿群里，脑袋里一片空白。

看苜蓿的人第二天一早，回来给人说着这些的时候，没有人相信他说的这些胡话。他说完了这些，喝了两碗高粱面拌汤就睡了去。有人不相信，就去了狼渠，曾经一直在阳坡里生活的狼留下来的只是已经干了的狼粪。狼粪里夹杂着黑色的猪毛，再也没有狼群和行走的人，偶尔里在阳光下目光的对视，家家户户的猪再也没有被狼刷着尾巴带走。有些人晚上就不再关门，有老母猪带着一群猪娃子晚上从门里大摇大摆地出去，吃饱了肚子就回来。狼渠的胡同两岸的土台上，都长满了一种叫作狼牙的植物，刺大而尖，细而利，叶小而绿，开小白花。有人在沟里给牛割草，不小心被蛇咬，寻村里的赤脚医生治疗，只见医生把伤口的脓血清除后，把在山上采的狼牙刺，捣成汁液，敷于创口，以毒攻毒，几日后已消肿。狼渠的狼牙，一年年地长着，枝繁叶茂，花开花落，吸取的养分都是来自多年的雨露和那些久积的狼粪。